Le maître des nuages

Direction de collection : Jean-Luc Bizien

Serge Brussolo

Le maître des nuages

Sentinelles du crépuscule

TOME 1

BAYARD JEUNESSE

Pour Annick, une fois de plus.
Bien évidemment...
SB

Illustration de couverture : Philippe Jozelon

3, rue Bayard, 75008 Paris
ISBN : 2 227 73911 8
Dépôt légal : mars 2000
Troisième édition

Loi n° 49 956 du 16 juillet 1949 sur les publications destinées à la jeunesse

1

Dans quelques minutes ce serait l'assaut final, Nath en avait la certitude. Depuis la veille, les lézards géants jaillissaient de partout, comme s'ils avaient décidé d'en finir avec les survivants du petit campement planté à la pointe nord de l'îlot. C'étaient des bêtes aplaties, au museau court mais dont la gueule débordait de crocs, et qui mesuraient six ou sept mètres de long.

Nath avait monté la garde devant la hutte toute la nuit, jusqu'aux limites de sa résistance, puis s'était effondré, vaincu par le sommeil, sans même s'en rendre compte.

À présent, les lézards les encerclaient, Nioucha et lui. Les monstres sortaient en rampant de l'océan de boue pour se diriger vers la dernière cabane habitée du campement, la seule à contenir encore de la chair humaine vivante, cette chair dont ils aimaient tant le goût.

– Hinn... hinnn..., gémit Nioucha en s'agitant sur son matelas d'algues séchées. Hinn... hinnn...

Elle ne savait pas exprimer son angoisse autrement que par des cris de bête. Dans sa tribu – les Têtes-Plates – on utilisait rarement la parole. En ouvrant les yeux, Nath s'aperçut que la jeune femme s'était enduite de vase de la tête aux pieds, dans l'espoir de se confondre avec le paysage, de se rendre invisible. C'était une pratique courante chez les gens de son clan. Courante et absurde, car les lézards cannibales ne se laissaient pas duper si facilement.

Avec une certaine irritation, due à la fatigue, Nath réalisa que Nioucha avait laissé s'éteindre le feu qu'il avait allumé la veille pour tenir les sauriens en respect. C'était un miracle que les lézards n'en aient pas profité pour passer à l'attaque au cours de la nuit.

« Ne t'emporte pas contre elle, pensa-t-il. Ça ne servirait à rien, tu sais bien qu'on ne peut pas attendre d'une Tête-Plate qu'elle ait assez de cervelle pour prendre ce genre de précaution. »

Il tendit l'oreille, guettant le crissement des griffes sur le sol. L'ennemi était là, se rapprochant insensiblement.

« Il n'y a plus que nous, se dit le garçon. Tous les autres sont morts. Les lézards sont venus les tuer les uns après les autres au cours des dernières semaines. Maintenant, c'est notre tour. »

Oui, le campement avait pris peu à peu l'aspect d'un village fantôme. Seules les traces de sang séché, au seuil des huttes, témoignaient que des êtres vivants l'avaient un jour occupé. Des êtres pacifiques, incapables de se défendre, constituant des proies faciles pour les carnassiers en maraude. Nath avait été stupide de s'obstiner, il aurait dû prendre la fuite. Pourquoi s'était-il cru si malin ? Les pièges qu'il avait mis en place n'avaient pas fonctionné. Jour après jour, les lézards étaient devenus plus audacieux, se moquant des fosses garnies d'épieux ou des collets destinés à les étrangler.

– Hinn… hinn…, fit encore Nioucha, au comble de la terreur.

Elle avait un instinct animal qui l'avertissait des

dangers. Comme un chien, elle entendait les bruits, sentait les odeurs bien avant que ces informations ne parviennent aux oreilles et au nez de Nath.

– Je vais sortir, lui expliqua doucement le jeune homme. Reste là. Il faut rallumer le feu. Tu comprends ce que je dis ?

Nioucha le regarda avec angoisse et se cramponna à ses jambes pour l'empêcher de quitter la hutte de tourbe. Elle avait peur de rester seule. C'était compréhensible. Elle avait vu tous les membres de son clan disparaître en très peu de temps. Happés, dévorés par les longues silhouettes rampantes surgies du marécage.

Nath sortit, la tête rentrée dans les épaules, les muscles crispés, prêt au combat. Le feu de camp se réduisait à un monceau de branches calcinées. Il comprit tout de suite qu'il aurait beaucoup de mal à le rallumer. Il ne voyait pas les lézards, mais devinait leur présence. Les sauriens avaient la couleur de la vase, et, lorsqu'ils se tenaient aplatis sur le sol, ils devenaient presque indiscernables.

Le harpon à la main, le garçon fit trois pas sur l'océan de boue durcie qui s'étendait devant lui. Avant d'aller plus loin, il cogna la croûte verdâtre avec la pointe d'os de son arme pour s'assurer de la solidité du terrain. C'était plus sage, car sous la terre sèche coulait en permanence une vase liquide qui pouvait engloutir le marcheur imprudent à la moindre erreur d'appréciation.

Tout à coup, il crut deviner une ombre, sur sa gauche, et se raidit, le javelot déjà levé, prêt à se défendre. Le cœur battant, il retint son souffle une dizaine de secondes ; mais la bête, sentant sa détermination, préféra restée à l'affût. Aplatie, collée au sol, on la discernait à peine.

Le jeune homme se redressa. Il avait les cheveux longs, noirs, une barbe hirsute, et il allait presque nu, sans autre vêtement qu'un pagne en cuir de reptile. Jadis, il avait porté des habits civilisés, vécu dans une vraie maison, mais depuis qu'il avait choisi d'abandonner les siens pour mener la vie d'un coureur de plaine il avait pris peu à peu l'allure d'un homme des cavernes.

Il s'accroupit, examinant le paysage autour de lui. Le minuscule îlot où il se tenait en ce moment formait une bosse à peine visible sur la plaine-océan qui l'encerclait.

Plaine-océan... prairie liquide... ; c'est par ces

appellations contradictoires qu'on désignait la planète Almoha dont les neuf dixièmes se composaient d'une molle étendue de vase qui séchait au soleil pour former d'immenses « banquises » boueuses. C'était un monde mi-solide, mi-liquide, en perpétuelle transformation. La mer durcissait pour devenir continent ; ensuite – et sans qu'on sache pourquoi – le continent se fendillait, s'émiettait, et redevenait mer ! Ces variations incessantes créaient un univers dangereux où l'on ne pouvait se fier à rien.

– Hinn... hinn..., fit Nioucha à l'intérieur de la hutte.

– Reste cachée ! lui cria le jeune homme. Ne te montre sous aucun prétexte.

Mais elle ne comprenait pas, ou bien elle avait trop peur. Elle sortit de l'abri et trottina pour rejoindre son compagnon. La vase dont elle était enduite lui donnait l'apparence d'une statue de glaise douée de mouvement.

Nath lui prit la main et se pressa de gagner une éminence où ils seraient en sécurité. Parvenu au sommet de la colline, il s'adossa à un tronc d'arbre rabougri, le javelot en travers des cuisses. Le souffle lui manquait. C'est là qu'il prit conscience de son épuisement. Il aurait voulu dormir, mais il avait peur de fermer les yeux. Il ne pouvait pas compter sur Nioucha pour monter la garde à sa place. Les Têtes-Plates n'étaient pas des guerriers. Incapables du moindre sentiment belliqueux, ils se laissaient le plus souvent dévorer sans même se défendre.

– Nioucha ne doit pas s'énerver, souffla le jeune homme comme s'il s'adressait à une enfant. On va partir. On prendra la barque. Il faut juste s'assurer que le chemin est libre.

Il mentait pour la rassurer ; ce serait loin d'être aussi simple. Les lézards qui rôdaient aux alentours n'attendaient qu'une erreur des fugitifs pour jaillir de la vase et leur couper les jambes d'un seul claquement de mâchoires. Depuis la mort de son fils, un bébé de treize mois, Nath les haïssait.

D'un seul coup, la colère le prit, et, brandissant sa lance, il invectiva les lézards invisibles qu'il devinait cachés dans les rochers ou enfouis sous la vase.

– Approchez ! criait-il. Je vous attends ! Je n'ai pas peur ! Je suis prêt !

Le souffle lui manqua bientôt. Les sauriens hésitaient. Ce garçon fatigué leur semblait une proie facile, pourtant il émanait de lui une rage qui les incitait à la prudence. Il ne serait sans doute pas aussi facile à tuer que les autres membres de la tribu.

« Je deviens fou, songea Nath. Si je voulais me suicider je ne m'y prendrais pas autrement. »

Il savait pourquoi il agissait ainsi : le chagrin lui rongeait le cœur, lui faisait perdre la tête. Il fut sur le point d'éclater en sanglots, se mordit la lèvre jusqu'au sang. Il se domina toutefois, car il ne voulait pas affoler Nioucha, qui claquait des dents à côté de lui.

– Viens, dit-il, on va essayer de rejoindre la barque. Reste derrière moi, ne traîne pas. Et regarde où tu poses les pieds, tu sais bien qu'ils ont l'habitude de s'enterrer sous une mince couche de vase. Tu le sais, n'est-ce pas ?

La jeune femme l'écoutait, les yeux écarquillés par la terreur, sans qu'il soit possible de déterminer si elle avait réellement compris le sens des paroles prononcées devant elle.

Nath se força à sourire.

– Allez, dit-il. Du courage. Rien n'est perdu. Nous recommencerons ailleurs. Une nouvelle hutte, un nouveau bébé. Je t'aime… Tu comprends ? Je t'aime.

Il eut du mal à la persuader de se redresser. Elle serait bien restée là, recroquevillée au pied de l'arbre jusqu'à ce que les lézards viennent la dévorer. Ils se mirent en marche. Nioucha avançait courbée, dans une attitude peureuse qui devait exciter la convoitise des sauriens. L'odeur de la peur faisait toujours saliver les prédateurs.

Il ne subsistait plus grand-chose du village où les deux jeunes gens avaient vécu jusqu'à ces derniers jours, à peine quelques igloos de boue séchée, maçonnés en dépit du bon sens. Ceux qui habitaient là avaient fini sous les dents des terribles lézards. Aujourd'hui, il ne restait plus que deux survivants : Nath Weel-Mhor, l'obstiné, l'étranger venu des villes, et Nioucha, la dernière femme de la tribu. Le jeune homme s'agenouilla à l'entrée de la hutte où il avait vécu avec Nioucha et le petit… Cette hutte qu'il allait abandonner. Pour toujours… Son cœur se serra.

Nioucha. C'est lui qui l'avait baptisée ainsi, car les Têtes-Plates n'avaient pas de nom. Jamais. Ils étaient trop stupides pour s'en souvenir.

Nioucha… Comme tous ses congénères, elle avait vécu dans un « troupeau », une masse errante et sauvage qui allait, nue, sur la taïga. C'était sur Almoha le premier groupe humain présentant des signes évidents d'anormalité : la tête aplatie, comme si on avait pressé dessus alors qu'elle était encore trop molle, le corps courtaud aux grosses jambes arquées. En apercevant Nioucha pour la première fois, Nath avait songé qu'elle ressemblait à une figurine de pâte à modeler qu'on aurait comprimée d'un coup de poing. Pourquoi s'était-il attaché à elle ? Pas pour sa beauté, c'était certain. Alors pourquoi ? Sans doute parce qu'il avait eu l'intuition qu'elle ne le trahirait jamais. Qu'elle lui serait fidèle jusqu'à la mort. Oui, sûrement. Cette certitude avait primé sur tout le reste. Nioucha, c'était la fidélité, la dévotion. Un dévouement presque naïf d'animal apprivoisé qui se ferait tuer plutôt que d'abandonner son maître. Nath avait été profondément ému par cette confiance sans bornes.

« Les Têtes-Plates, c'est pas des humains, répétaient les adolescents dans la ville où il avait vécu. C'est des chiens… Ils ont pas plus de cervelle que des corniauds. Ils n'ont pas de lois, pas de religion, rien… Des bêtes. »

Pouvait-on leur donner tort ? Nath n'en savait rien, mais de telles affirmations lui faisaient honte. Effectivement, les femmes Têtes-Plates vivaient en bande, comme des guenons. Elles étaient d'une naïveté effrayante et croyaient tout ce qu'on leur disait. Elles ne demandaient qu'à obéir. Il suffisait de les appâter avec un peu de nourriture pour qu'elles se mettent à vous suivre. Elles constituaient une bonne aubaine pour les gens malintentionnés, ceux qui ne s'embarrassaient d'aucun scrupule.

Nath, lorsqu'il avait quitté sa vraie famille, avait vécu deux ans avec Nioucha. Pourquoi ? Parce que cette peuplade sans défense l'avait bizarrement ému ? Parce qu'il avait imaginé pouvoir leur venir en aide ? Il avait été bien présomptueux.

Nioucha… Il avait essayé de lui apprendre à reconnaître son nom en le lui répétant tout le jour : « Nioucha… Nioucha… » En commençant tôt le matin il parvenait généralement à le lui faire mémoriser avant le coucher du soleil, mais elle l'oubliait au cours de la nuit, et tout était à refaire dès le lendemain. La nuit remettait le compteur à zéro.

Les Têtes-Plates ne parlaient pas ; non parce que leurs cordes vocales étaient impropres à la communication, mais parce qu'ils auraient été incapables de se rappeler d'un jour sur l'autre les mots qu'ils auraient pu inventer en commun. C'était un peuple étrange, misérable, dont l'existence annonçait sans doute ce qui arriverait bientôt aux autres groupes humains de la planète : l'abêtissement dû aux accidents cérébraux, la déchéance… La faute en revenait à la pesanteur trop élevée d'Almoha, qui provoquait de plus en plus de naissances anormales.

Pendant un an, Nath avait vainement tenté d'humaniser Nioucha. Il avait essayé de lui apprendre à se vêtir, à ne pas se comporter comme une guenon. En pure perte.

Il n'avait pas davantage réussi à lui enseigner les rudiments des techniques de chasse. Elle avait peur des lézards qui, parfois, surgissaient de la boue juste sous votre nez, la gueule béante, cherchant à vous happer la jambe. On les appelait « lézards », mais le terme « alligators » aurait été plus approprié.

Nioucha lui avait donné un fils. Un bébé trapu, courtaud, à la tête aplatie, encore plus démuni que sa mère. D'emblée, le jeune homme avait eu la certitude que l'enfant ne parviendrait jamais à prononcer des mots aussi simples que « Papa » ou « Maman ».

Cette vie avait duré deux ans. Nath savait qu'il n'était pas à sa place dans la tribu. Les humains n'avaient rien à faire chez les Têtes-Plates. C'était mal vu. On ne se mélangeait pas, disait la loi. En agissant à l'encontre des règles communément admises, il était devenu un paria.

Et puis tout avait basculé dans le drame.

Un soir, en rentrant de la chasse, Nath avait découvert le corps à moitié dévoré du bébé à l'entrée de l'igloo. Un lézard s'était faufilé dans le campement pour capturer l'enfant. Nioucha avait gémi toute la soirée, la tête dans les mains, reniflant sa morve, mais le lendemain elle avait oublié jusqu'à l'existence de son fils et pressait Nath de venir jouer avec elle, comme si rien ne s'était passé. Le jeune homme s'était effondré, découragé. Il savait qu'il était seul coupable. Aucun homme sensé ne prenait pour compagne une Tête-Plate. Il avait voulu passer outre, défier les lois. Il avait commis une erreur.

Il s'était efforcé d'enterrer le corps mutilé du bébé, mais dans la boue c'était difficile, et le petit cadavre avait remonté à la première averse, pour se mettre à dériver autour de l'igloo. Nioucha ne lui avait prêté aucune attention. Pour finir, un lézard s'en était emparé.

« Tu vas devenir comme elle, pensait-il de plus en plus souvent. Une bête… Dans six mois, tu marcheras à quatre pattes, tu japperas comme un chien. »

Cette idée avait commencé à l'obséder.

« Il faut que tu partes, lui soufflait une voix au fond de sa tête. Il faut que tu rejoignes les humains tant que tu as encore toute ton intelligence. Pars… Retourne sur l'île où tu es né. Nioucha ne sera même pas malheureuse : à peine auras-tu tourné les talons qu'elle oubliera ton existence. »

Mais il était si attaché à la jeune femme qu'il n'avait jamais osé s'en aller. Le destin avait décidé à sa place.

Les lézards aimaient s'attaquer aux proies isolées, et surtout aux Têtes-Plates qui ne savaient pas se défendre et se contentaient de fuir en poussant des couinements de frayeur. Depuis le début, Nioucha, joueuse, imprudente, les faisait saliver.

– Hinn… hinn…, gémit la jeune femme, qui s'impatientait.

Nath s'ébroua, chassant les souvenirs, puis il saisit le sac de cuir contenant les provisions, les vêtements, la gourde, et les confia à sa compagne, car il devait rester libre de ses mouvements en cas d'attaque. Il fallait maintenant rejoindre la barque, sur la plage. Ce ne serait pas chose facile.

Tout autour, les lézards se mirent à claquer des mâchoires avec impatience.

2

Les deux jeunes gens s'engagèrent entre les igloos déserts. Jadis, des amis, des compagnons avaient habité là, mais les lézards les avaient emportés les uns après les autres. Le village s'était vidé.

« Je n'aurais pas dû m'entêter, pensa Nath. Je me croyais malin, j'étais persuadé qu'avec mon intelligence d'homme des villes je saurais les protéger. J'ai été stupide... Ils sont morts parce qu'ils me faisaient confiance. Si je n'avais pas tant insisté, ils seraient peut-être partis ailleurs. »

Il dut ralentir le pas. Depuis un moment, les battements de son cœur s'accéléraient de manière inquiétante, car il s'était mis à marcher trop vite. La pesanteur d'Almoha interdisait les gestes brusques.

– Hinn ! Hinn ! cria Nioucha en désignant le canot qui les attendait sur la plage de vase.

Elle voulut se mettre à courir, et Nath dut la saisir par le poignet.

– Attends ! supplia-t-il, c'est peut-être un piège. Il y a sûrement des lézards embusqués tout autour. Ils savent que nous allons essayer de fuir de cette façon…

Elle ne l'écoutait pas et gesticulait pour se libérer de son étreinte. Elle ne comprenait pas ce qu'il tentait de lui expliquer. Elle essaya de le mordre. C'était inattendu. Il fallait qu'elle soit réellement terrifiée pour sortir ainsi de son habituelle passivité. Nath fut forcé de la frapper. Il avait horreur de se comporter de cette façon, mais il était à bout de nerfs lui aussi. Il savait l'attaque imminente. Son instinct lui soufflait que les lézards étaient là, tout autour d'eux, enfouis sous une mince pellicule de vase, prêts à jaillir de leur trou dès que Nioucha et lui passeraient à leur portée. Nath décida de grimper sur un rocher pour essayer de repérer les endroits où s'étaient enterrés les sauriens.

– Ne te sauve pas, ordonna-t-il à Nioucha. Ne te mets pas à courir vers la barque… Ils n'attendent que ça. Ils sont plus malins que toi. Et plus rapides.

Elle boudait, les yeux baissés. Elle avait cette expression sournoise qu'elle prenait parfois et qui n'annonçait rien de bon. Il eut la certitude qu'elle allait faire une bêtise. Il aurait fallu l'attacher, lui entraver poignets et chevilles, mais il ne disposait d'aucune corde. La mort dans l'âme, il se hissa sur le rocher. L'effet de la pesanteur lui donna l'illusion que sa boîte crânienne s'aplatissait. Il eut un goût de sang dans la bouche.

De son perchoir, il examina la barque grâce à laquelle ils allaient pouvoir reprendre le chemin de la civilisation. Ils emprunteraient pour ce faire l'une des fissures emplies de boue liquide qui striaient la banquise de limon séché. En ramant de toutes leurs forces, ils parviendraient bien à rejoindre le grand lac de fange fluide, sur les rives duquel se dressaient les principales cités lacustres de la province de l'Est. Du moins Nath l'espérait-il. Il n'ignorait pas qu'il prenait un gros risque. Si le soleil se levait, et s'il se mettait soudain à faire chaud, la vase durcirait en l'espace de deux heures. Ils se retrouveraient alors arrêtés à mi-course, le canot emprisonné dans la banquise aussi sûrement que les pieds d'une statue sont collés à son piédestal. Et les lézards se dépêcheraient de les encercler…

Nath soupira. Son regard parcourut une dernière fois la distance qui les séparait du canot. L'étendue de vase verte présentait çà et là des inégalités de surface qui semblaient trahir la présence d'un lézard enfoui. Il faudrait zigzaguer, éviter ces points dangereux.

Alors qu'il se préparait à descendre du rocher, Nioucha s'échappa et se mit à courir vers la barque. Il eut beau l'appeler, elle refusa de s'arrêter, et Nath se trouva forcé de se lancer à sa poursuite. Les effets de la pesanteur se firent tout de suite sentir. Les Têtes-Plates étaient mieux armés que les humains pour faire face à ce genre de désagrément, et, malgré tout son courage, Nath ne put rattraper la jeune femme avant qu'elle pose le pied sur la plage.

À bout de souffle, un voile noir devant les yeux, il tomba à genoux, la bave lui coulant de la bouche. Au même moment, Nioucha marcha sur le dos d'un lézard enterré. Le prédateur jaillit du sol dans une gerbe d'éclaboussures, saisit sa proie par la jambe et se mit en devoir de la tirer vers la mer. Les lézards procédaient toujours ainsi, entraînant leurs victimes sous l'eau boueuse pour les noyer. Parfaitement amphibies, ils pouvaient rester immergés pendant des heures, décourageant la patience des chasseurs.

Nath se redressa, la lance brandie, et s'élança au secours de sa compagne. Mais il était déjà trop tard, le reptile avait plongé et les poumons de Nioucha se remplissaient de vase. Le jeune homme fut d'ailleurs arrêté dans son élan par l'attaque d'un autre lézard, qui sortit du sol pour lui barrer le passage.

– Crève ! hurla Nath au comble de la douleur. Crève, charogne !

Et il frappa la bête avec une fureur aveugle, perçant la carapace de cuir aux endroits les plus sensibles.

Sa rage parut effrayer les autres animaux, qui hésitèrent à se jeter sur lui. Nath les défia, ne sachant plus très bien ce qu'il faisait. La lance en avant, il se portait à leur rencontre et les lardait de coups.

– Tiens ! criait-il, tu en veux ? En voilà… et encore ! Et encore !

Il était en train de perdre la tête. Le sang coulait le long de la hampe de son arme, lui poissant les mains. Alors, les animaux s'écartèrent, effrayés par la fureur de cet humain que la souffrance avait transformé en un tueur redoutable, et Nath put rejoindre la barque, qu'il mit à flot.

Longtemps, il resta assis dans l'embarcation, ne se décidant pas à empoigner les rames. Il fixait la mer de boue, espérant un quelconque miracle. Mais Nioucha ne reparut pas à la surface, et il dut se résoudre à s'éloigner avant que les lézards ne reviennent à l'attaque.

Quand il fut à une centaine de mètres du rivage, il se mit à pleurer. Les larmes tracèrent des sillons clairs dans la poussière verte qui lui recouvrait la figure.

3

La proue de la barque fendit la croûte durcie, et Nath sentit les éclaboussures de fange ruisseler sur son visage.

L'île était petite, à peine une bosse brune sur la mer figée. Le jeune homme mit le cap sur la plage et rama de plus belle. Lorsque le canot toucha le fond, il sauta dans la vase. Il poussa un soupir de soulagement, car le voyage avait été difficile.

Son apparence physique s'était modifiée. Il avait mis la traversée à profit pour se couper les cheveux, la barbe, et réendosser les vêtements qu'il portait avant de se joindre à la tribu des Têtes-Plates. Désormais, il ne ressemblait plus du tout à un homme des cavernes et, lorsqu'il apercevait son reflet dans un morceau de métal poli, il avait du mal à se reconnaître. Pour se protéger des mauvaises surprises, il avait également endossé sa cuirasse et coiffé un casque.

La souffrance était toujours en lui, sourde, et l'image de Nioucha, emportée par le lézard, ne cessait de le harceler chaque fois qu'il fermait les yeux. À plusieurs reprises, au cours de la traversée, il s'était senti gagné par le découragement, mais l'instinct de survie avait été le plus fort. C'est grâce à cette ténacité qu'il avait réussi à rallier l'une des principales cités du grand lac. Un port marchand d'où partaient les quelques gros navires encore en service sur Almoha. Il n'y avait guère qu'ici qu'il pourrait dénicher un navire faisant route dans la bonne direction.

Un groupe de marins attendait près d'une baleinière à coque de métal. Au loin, estompée par la brume, on devinait la silhouette d'un navire à l'ancre, un de ces gros bâtiments sans mâts devenus très rares sur la planète Almoha. Des voyageurs s'étaient rassemblés et négociaient leur passage auprès des hommes d'équipage. Nath se dirigea vers eux.

Il soupira. Ainsi la longue course prenait fin ;

dans trois jours au plus tard il serait à nouveau chez lui... Il avait entre dix-sept et vingt ans (il ne savait pas exactement), et sa pauvre tentative d'évasion prenait fin ici, sur ce rivage.

Chez lui... Les mots passaient mal. Jamais il n'aurait imaginé qu'un jour il éprouverait le désir de retourner à son point de départ, en un lieu qu'il avait jadis voulu fuir de toutes ses forces.

Au bord de la plage, à la limite des vagues lentes et molles, un oiseau brassait l'air dans un pénible froissement de plumes. Comme tous ses semblables, il avait développé une impressionnante musculature pour lutter contre la pesanteur de la planète. Ses ailes, une fois déployées, atteignaient une envergure disproportionnée par rapport au reste de son corps, lui donnant l'allure d'un ptérodactyle. Nath le vit s'arracher du sol avec un cri plaintif et planer au-dessus des vagues d'un vol sans grâce. On eût dit que la terrible force de gravité d'Almoha allait le plaquer à terre d'une seconde à l'autre pour le punir de son arrogance. Cela durait depuis la « Grande catastrophe ». Comme les autres enfants, Nath avait appris à son heure qu'une pierre lancée avec force retombait fatalement après une ridicule trajectoire de trois mètres ; qu'aux endroits où la terre était meuble l'invisible chape de plomb enfonçait dans le sol arbres et maisons. Il n'était pas rare de découvrir sous ses pieds, au milieu d'une lande, les tuiles d'un toit, les vestiges d'une cheminée, marquant comme une pierre tombale l'endroit où reposait désormais l'habitation naufragée. Il est vrai que le sol boueux toujours mouvant et prêt à retourner au marécage était un terrain rêvé pour ce genre de fantaisie.

Sur Almoha, on apprenait vite à ménager sa peine, à éviter tout geste inutile, et souvent les scènes de la vie courante semblaient se dérouler au ralenti.

Lorsque l'âge atrophiait leurs muscles, les oiseaux cessaient de voler… et les vieillards de monter les escaliers.

Nath se sentait fatigué (c'était là une conséquence inévitable de la pesanteur excessive). Pourtant il hésitait à s'asseoir ; l'effort qu'il aurait à développer pour se relever suffirait à faire disparaître en une seconde le bénéfice du repos tiré de la station assise. Mieux valait se caler contre un poteau et ne plus bouger.

Les sangles de sa cuirasse le blessaient. Il avait beaucoup épaissi en deux ans, et ses muscles durs de coureur de plaine se trouvaient à présent bien à l'étroit entre les plaques de métal protégeant son torse. Deux ans déjà ! Deux ans d'errance loin de sa ville natale, vingt-quatre mois passés à essayer de se forger une nouvelle vie... avec Nioucha. Et aujourd'hui l'échec, le retour.

Trois jours plus tôt, en croisant un pêcheur, il avait appris l'arrivée de la canonnière qui faisait la navette entre les îles-collines et prenait volontiers des voyageurs à son bord pour peu qu'ils acceptent de payer leur passage en participant aux activités de l'équipage. Déjà les marins poussaient la barque vers les premières vagues boueuses, ignorant les appels des voyageurs qui pataugeaient dans la vase.

– Fichez-nous la paix ! On ne partira pas avant demain, cria l'un des matelots. L'équipe des harponneurs n'est pas encore au complet. Ne soyez donc pas si pressés d'affronter les nuages ! Beaucoup d'entre vous y perdront la vie !

Nath les regarda s'éloigner. La traversée serait dangereuse, il ne l'ignorait pas. Les nuages qui dérivaient au ras de l'océan avaient une fâcheuse réputation de tueurs de navires.

Au moment où il allait tourner les talons, le jeune homme avisa un colosse au crâne chauve, vêtu d'une cuirasse cabossée, rafistolée à la diable, et qui bâillait sur son ventre proéminent. Il tenait à la main un grand harpon de métal. C'était un personnage impressionnant, mais déjà guetté par la vieillesse, car le corps se délabrait vite sur Almoha.

– Tu viens pour t'embarquer ? lança l'inconnu à l'adresse de Nath.

Comme celui-ci répondait par l'affirmative, le géant grogna :

– J'espère que tu sais ce que tu fais, petit. Nous ne serons pas de simples passagers, le capitaine compte bien nous utiliser comme soldats lorsqu'il faudra se lancer à l'attaque d'un nuage. As-tu déjà participé à l'un de ces assauts ? Non, n'est-ce pas ? Alors, reste derrière moi et imite mes gestes. De cette manière, tu seras peut-être encore vivant au terme du voyage. Quant à moi, je suis Neb Orn, le harponneur.

4

La proue de fer du navire, telle l'étrave d'un brise-glace, taillait son chemin au milieu des plaques de boue solidifiée, dans un concert de craquements sourds. Accroché au bastingage, Nath ne pouvait détacher son regard de la lame épaisse et brillante boulonnée sur l'étrave qui fracturait depuis maintenant trois jours les ondulations de la croûte de boue séchée. Le vaisseau avançait avec lenteur, la banquise étant à cet endroit particulièrement épaisse.

– Je me demande, déclara Nath, si l'on n'irait pas plus vite à pied.

Neb Orn, le géant au crâne rasé, s'approcha. Malgré son âge avancé, on l'avait engagé pour faire office d'artificier. Il n'avait pas lâché son harpon à pointe explosive depuis le début du voyage, comme pour afficher sa véritable qualité. S'accoudant auprès de Nath, il laissa échapper un rire de phoque, qui fit siffler ses bronches encrassées par le mauvais tabac de lichen. Il rejeta le filin qu'il était en train d'examiner de ses petits yeux jaunes dépourvus de cils, et sa cuirasse dont sa panse disloquait charnières et fermoirs alla heurter la barre de cuivre du bastingage.

– Tu te trompes, marmonna-t-il. Tu n'as pas dû courir bien longtemps sur la croûte pour sortir de pareilles âneries.

Nath se renfrogna, mais le gros ne semblait pas vraiment chercher querelle. Ce n'était qu'un marin au langage grossier, habitué à dire sans détour ce qu'il pensait.

– Si par endroits la banquise est épaisse comme un mur, ajouta le bonhomme, à d'autres elle est mince comme ma main, et rien n'indique le passage de l'un à l'autre. Si l'on veut se déplacer à pied, il faut sonder tous les mètres et parfois faire un détour de vingt ou trente kilomètres pour trouver une bande de terre assez solide pour supporter le poids d'un homme et de son équipement. Je le sais, je l'ai appris à mes dépens durant les années où je chassais le lézard.

Pour prouver son dégoût, il cracha avec violence le tronçon de cordage qu'il avait l'habitude de mâchonner.

Nath se replongea dans la contemplation de la plaine. Le bateau, dépourvu de mâts, faisait penser à une carapace de tortue renversée. Une carapace métallique. Les matelots s'y déplaçaient avec fracas.

– Bizarre, hein ! un navire sans mâts ! remarqua brusquement Neb Orn.

Il se tourna vers Nath.

– Sans mâts et sans voiles, reprit-il d'une voix sourde (et Nath vit que son visage avait perdu toute jovialité). Mais à quoi servirait un mât qu'aucun homme n'aurait assez de force pour escalader ? Parce qu'il faut bien le dire : il faudrait des bras de gorille pour s'arracher du pont et lutter contre cette fichue pesanteur.

Nath releva la tête. La trop longue station penchée avait fait naître une douleur dans ses vertèbres cervicales et le sang bouillonnait à ses joues, aspiré par la force de gravitation. Un instant, il céda au vertige. Neb le retint de son énorme poigne.

– Ça va ?

– Ça va.

Le géant toussa, chercha un nouveau cordage à ronger. Il rit de manière appuyée.

– Il y a des coins où la pesanteur est si forte, lâcha-t-il, qu'une fois assis plus question de se relever. On est cloué sur place.

Il prit la direction de l'entrepont, faisant signe au jeune homme de le suivre. Il faisait sombre. Les lampes à huile de lézard charbonnaient, répandant leur puanteur habituelle. Les canons étaient là, rangés en bon ordre, pointant leur mufle par l'ouverture des sabords. Une quinzaine pour chaque flanc. Neb s'était saisi d'un chiffon huilé ; de temps à autre, il en frottait l'acier d'un affût ou la charge ogivale d'un obus. Nath ne parvenait pas à s'intéresser à ce qui l'entourait. Il était comme engourdi, comme si son cœur était resté là-bas, dans l'igloo, avec Nioucha… et l'enfant. Il eut à peine conscience que Neb l'entraînait dans la chambre des cartes.

– La canonnière est vieille, fichue, soupira le harponneur, comme moi. La chasse aux nuages nous a usés tous les deux.

Nath posa ses mains sur la table. Une carte y était étalée : un relevé des rares villes encore occupées, des points d'eau potable.

– Neb, murmura-t-il, c'est vrai que la plaine de boue est infinie ?

Neb toussa, comme si le jeune homme avait soulevé un point épineux.

– Les livres des Mises en garde le disent, lâcha-t-il enfin après un moment d'hésitation. Les codes de navigation aussi. Pour ma part, j'ai bourlingué à travers tout l'hémisphère Nord, et je peux l'assurer : la plaine de boue recouvre tout, pourtant…

– Pourtant ?

L'homme esquissa de grands gestes impuissants qui effrayèrent la flamme des chandelles et jetèrent des ombres tordues sur les parois de la chambre des cartes.

– Je parle pour l'hémisphère Nord, bien sûr, reprit-il en mâchonnant le tuyau de sa pipe. Au Sud, on ne peut jurer de rien, personne n'y est jamais allé, sauf les oiseaux peut-être…

– Les oiseaux ?

– Eh oui, l'équateur est une zone de brouillard. En fait, c'est comme un mur de brouillard solidifié qui tombe à pic et coupe l'horizon. Un mur gigantesque qui a la même consistance que les nuages. Imagine une espèce de muraille qui ferait le tour de la planète en la partageant en deux parties égales.

– Mais de l'autre côté ?

Neb grommela en détournant les yeux :

– De l'autre côté... Personne n'y a jamais mis les pieds, je crois bien. Du moins personne ne s'en souvient. Et ceux qui savaient sont morts à l'heure actuelle. Tu connais la loi fondamentale d'Almoha : tout ce qui vient du ciel se change en pierre. Or le brouillard est fait de la même substance que les nuages, une espèce de calcaire agglutiné. Si tu commets l'erreur de pénétrer à l'intérieur de ses volutes, tu les verras peu à peu se solidifier autour de toi, t'emprisonnant. Ce mur dont je te parle, je n'exagère pas : c'est un vrai mur.

Nath hésitait, méfiant. Le marin se moquait-il de lui ? Il préféra changer de conversation. La fatigue et le sommeil les séparèrent d'ailleurs rapidement, et Nath se retira dans la cale réservée aux matelots.

Il dormait depuis une heure peut-être, recroquevillé dans son hamac, quand un remue-ménage venant du pont le dressa sur sa couche. S'approchant de l'un des sabords entrebâillés, il vit une silhouette debout au milieu des vagues solidifiées, à quelque distance du navire. Elle tenait une torche à la main et criait d'une voix que la peur rendait stridente :

– Un nuage, un nuage ! Il approche de la ville. Il y sera demain peut-être. Je cours depuis deux jours pour vous prévenir. Vous devez y aller.

5

Le navire avait modifié sa course. Nath put s'en rendre compte dès son réveil. La route de la canonnière se lisait à la longue plaie ouverte dans la croûte de la plaine. Debout à l'arrière, il écoutait les rugissements de la machine sous ses pieds. Tout le bateau résonnait comme un tambour de fer. Neb Orn émergea des entrailles du vaisseau. Il s'était débarrassé de sa cuirasse de pluie qui alourdissait ses déplacements. Il transpirait, et Nath remarqua que sa peau, d'ordinaire blême, avait viré au rose. Ses bras nus étaient maculés de graisse.

– Ça chauffe ! lança-t-il à l'adresse du garçon. Si ça continue, toute la canonnière deviendra rouge et la plante de nos pieds se mettra à fricasser comme du lard dans une poêle.

– La ville est encore loin ?

Le harponneur haussa les épaules, avouant son ignorance.

– Quelque part par là, fit-il en désignant les replis des vagues immobiles. Avec la brume on ne sait jamais vraiment.

Ils s'assirent derrière un rempart de rouleaux de cordages qui sentaient le goudron frais. Nath perçut la chaleur du pont sous ses cuisses. Le harponneur avait raison : dans quelques heures, le vaisseau serait devenu une gigantesque bouilloire ; la vapeur s'échapperait de tous les interstices des tôles disjointes, et les hommes se mettraient à courir, demi-nus, ruisselants de sueur, essayant de soulager l'intolérable brûlure mordant leurs pieds.

– Où vas-tu ? demanda soudain Neb.

Nath grimaça.

– Je rentre chez… moi, souffla-t-il avec réticence. Une petite colline tout au sud. Une ville qui n'a même pas de nom. C'est un endroit inhabitable.

– C'est pour ça que tu as essayé d'en partir ?

– Oui, mais ça s'est mal passé. Je n'ai pas envie d'en parler. D'ailleurs, je n'ai pas pu aller très loin. Je suis parti à la mort de mon père, pour ne pas rester seul. Personne ne me retenait. J'ai voulu tenter ma chance. Là-bas, aucun homme n'a jamais quitté la colline. On m'a traité de cinglé.

– Que faisait ton père ? Chasseur ? Pêcheur ?

Nath secoua douloureusement la tête :

– Non, hélas. C'était un penseur : il savait lire, écrire. Il rédigeait les livres de coutumes, le rituel des Mises en garde.

Une fraction de seconde, Neb écarquilla les yeux.

– Penseur ! Ben dis donc ! Plus personne ne sait lire et écrire de nos jours.

Il disait vrai. Personne n'aurait imaginé jadis que le savoir d'une race se perdrait en si peu d'années. Mais beaucoup parmi les survivants rampaient comme des bêtes toute la journée à la poursuite des lézards sous peine de mourir de faim. Le soir, ils s'écroulaient et accueillaient le sommeil avec reconnaissance. Lire, écrire ne veulent plus rien dire quand l'estomac hurle famine.

– Sûrement qu'un penseur à son utilité, dit le harponneur avec une gène manifeste. Il peut observer, tirer les lois de la nature, consigner les observations… Oui, sans doute qu'il a son utilité. Enfin, je crois.

Nath songea que le harponneur ne semblait guère croire à ses affirmations polies.

Un choc brutal l'arracha à ses pensées. La canonnière venait de buter contre une vague plus épaisse que les autres. Cet incident les ramena aux préoccupations du moment.

– Nous arriverons à temps ? demanda le jeune homme.

Le harponneur serra les mâchoires, et son sourire eut quelque chose de forcé.

– T'en fais pas, on arrivera, peut-être cuits comme des poissons à l'étuvée, mais on arrivera.

Ils se séparèrent. Neb devait consolider l'affût d'un canon qui lui donnait du souci et faire l'inventaire des munitions.

Nath reprit son poste d'observation. Des bouffées de vapeur montaient des coursives chaque fois qu'un homme ouvrait une écoutille.

Un roulement sourd et puissant fit brusquement vibrer les tympans de Nath. Une seconde, il eut l'impression que la salle des machines venait d'exploser, éventrant le vaisseau ; puis le cri éclata, tremblant d'angoisse : « La pluie ! »

En un instant, ce fut la ruée. En raison de l'atmosphère d'étuve due à la vapeur, la plupart des matelots s'étaient défaits de leur cuirasse protectrice. Nath lui-même, un moment plus tôt, avait failli déboucler le carcan de métal qui lui sciait le dos et les épaules.

Le tonnerre roula une seconde fois, immédiatement suivi des premières gouttes. Nath les entendit siffler au-dessus de sa tête, telles des flèches de guerre, avant de les voir ricocher sur le pont. Il y eut une gerbe d'étincelles, devant lui une goutte d'eau rebondit en miaulant ; elle sectionna un paquet de cordages.

La peur cloua le jeune homme sur place. Il n'avait jamais vraiment assisté à un orage ; sur la colline de son enfance, la pluie n'avait jamais fait de victime. Presque mécaniquement, il se jeta à genoux, cherchant le casque qu'il avait posé une minute auparavant. Un matelot qui arrivait en courant frappa par mégarde le heaume du pied, l'envoyant rouler à l'autre bout du pont. À présent, l'orage se déchaînait, l'averse rayait l'espace de lignes de pointillés argentés. On eût dit une pluie de graviers déversée par une main invisible ; les cailloux mitraillaient les tôles, ricochant dans un concert de sifflements. Nath s'était recroquevillé, les bras croisés sur sa tête nue. Sur son dos et ses omoplates, c'était comme une chute ininterrompue de pierres. Il eut l'illusion d'être pris sous une avalanche.

Frappé à la nuque, un marin s'était effondré tout près de lui, le visage couvert d'hématomes, comme si une rixe l'avait laissé là, meurtri par les coups de poing. Chaque goutte, énorme, vous frappait avec la puissance d'une matraque.

C'était une gigantesque lapidation céleste. Nath chercha à se rappeler ce que lui avait jadis expliqué son père. « Sur Almoha, la composition de l'eau de pluie a été perturbée, répétait Moor. En traversant les nappes gazeuses qui forment les nuages, les gouttes se chargent de molécules durcissantes, et du coup leur structure se modifie. Elles s'alourdissent, deviennent solides. Lorsqu'elles arrivent au niveau du sol, elles se sont métamorphosées en cailloux ! »

À présent, le navire gémissait, roulant d'un bord sur l'autre. Martelées, les tôles se tordaient, béaient, livrant l'intérieur du vaisseau au déluge. Nath avait réussi à se retrancher sous un parapluie de protection métallique que lui avait jeté un matelot. L'appareil – constitué de lamelles coulissantes blindées –

fonctionnait comme ces antiques parapluies de soie noire que lui avait jadis montrés son père. Pour l'instant, Nath se cramponnait au manche de bronze qui tressautait sous les impacts des rafales. Une goutte fila par un interstice, roula sur le dos de sa main déjà couverte de meurtrissures. Elle était ronde, polie comme une bille d'agate… et sèche. On eût dit l'un de ces galets dont se servent les frondeurs.

– Si le navire continue à se remplir, nous allons couler ! hurla le capitaine.

Il avait raison. Les billes de pierre qui ruisselaient par les écoutilles le long des coursives allaient finalement remplir la soute. De minute en minute le vaisseau s'alourdissait, s'enfonçait.

Sur le pont, des hommes tentaient d'obturer les fissures en les protégeant sous des parapluies métalliques semblables à celui de Nath. Les ricochets les frappaient durement, les obligeant souvent à battre en retraite.

– Replions-nous vers l'entrepont ! commanda Nath.

Il était inquiet pour Neb Orn que l'averse avait sûrement surpris torse nu, penché sur ses canons.

Ils amorcèrent aussitôt un repli prudent, prenant bien garde à ne pas laisser leurs bras ou leurs jambes dépasser du parapluie. La mitraille semblait maintenant assez forte pour trouer la peau et briser les os des imprudents.

Au bas de l'escalier de coursive ils trouvèrent le harponneur étendu sans connaissance. Une bosse déformait son front. Ses joues, ses mâchoires portaient la marque de meurtrissures. Ils eurent le plus grand mal à le tirer à l'abri.

Le petit groupe se recroquevilla entre deux canons hors de la trajectoire des gouttes, qui continuaient à s'infiltrer par les déchirures du plafond pour s'abattre à leurs pieds. L'impact était parfois si violent que les cailloux éclataient dans un nuage de poussière laiteuse.

La pluie tomba pendant trente minutes, puis cessa aussi soudainement qu'elle avait commencé.

Le silence qui succéda au vacarme avait quelque chose d'insolite. Pendant un long moment, l'équipage demeura sans bouger. Finalement, Nath repoussa le parapluie et se hissa jusqu'au pont. Tout autour du vaisseau, la terre séchée était criblée de trous.

Le navire avait beaucoup souffert. Peu d'hommes avaient été épargnés, presque tous présentaient d'impressionnantes collections d'ecchymoses, certains avaient des plaies ouvertes, voire des fractures. Dans la salle des machines, des tronçons de canalisations hachés par les rafales vomissaient leur vapeur en hoquetant. Le capitaine se saisit d'un porte-voix et annonça que la pression était tombée à zéro et qu'il fallait réparer. Neb Orn, à peine sorti de l'inconscience, fut descendu à la chaufferie. Nath courut à la suite des matelots valides pour écoper les milliers de cailloux célestes qui s'étaient accumulés dans les soutes.

Il prit sa place dans la chaîne des seaux qu'on vidait à l'extérieur par un sabord. Chaque récipient, rempli de caillasse à ras bord, pesait une trentaine de kilos, et Nath sentit très rapidement les muscles de ses bras se nouer de souffrance. Qu'importe ! il fallait continuer.

Personne ne parlait. Chacun conservait son énergie pour la tâche à accomplir, et l'on n'entendait qu'un concert de respirations au rythme précipité, ponctué à intervalles réguliers par le choc des galets tombés du ciel, et qui s'écrasaient sur la plaine, jetés du haut du sabord. Enfin, un sifflement de chaudière leur annonça que la pression remontait ; quelques minutes plus tard, l'arbre de l'hélice se mit à vibrer, et la canonnière s'extirpa de sa gangue dans un craquement qui fit serrer les mâchoires à tout l'équipage.

La tête de Neb Orn s'encadra dans la découpe de l'écoutille. Ses hématomes avaient viré au noir et Nath eut un instant du mal à le reconnaître.

– C'est parti ! cria le harponneur d'une voix faussement joyeuse. Tout le monde en haut !

– Ça va ? demanda le jeune homme pendant que les matelots regagnaient leur poste.

– Ça va, bougonna le géant moustachu.

Puis, après un moment de silence, il ajouta :

– Jamais il n'y a d'averse à cette époque de l'année. Le temps se détériore complètement. Une demi-journée de retard ! Pourvu que…

Il se tut et rejoignit l'enchevêtrement de tubulures sur lesquelles il se mit à taper avec une masse.

Nath tâta ses côtes douloureuses. Il aurait aimé se jeter sur sa couche et dormir. Ses mains étaient à vif. Il déchira un morceau de sa tunique pour se confectionner des bandages de fortune. La sueur avait collé ses cheveux sur son front. Il gagna le pont.

La fraîcheur de l'air après la pluie lui parut délicieuse et, un court instant, il oublia ce qu'ils venaient d'endurer. Le ciel était d'un gris très foncé, mais l'horizon paraissait plus clair. Droit devant lui, le jeune homme crut discerner quelque chose. Une masse flottant dans le lointain.

« Pourvu que... », pensa-t-il sans oser formuler sa pensée.

Le froid de la nuit le fit grelotter. « Le froid », se répéta-t-il, mais il savait bien qu'en réalité c'était la peur.

6

Assommé par les émotions, Nath s'était endormi la joue contre le bastingage. Les rivets des tôles avaient laissé de curieuses marques rouges sur la moitié gauche de son visage. Soudain, la poigne de Neb Orn le tira du sommeil.

– Regarde ! s'écria le harponneur, nous y sommes.

Nath écarquilla les yeux devant le spectacle qui s'offrait à lui. La chose dont il avait deviné la présence avant de sombrer dans l'inconscience se trouvait à présent à cinq cents mètres de la canonnière. Une montagne blanche semblait toucher le ciel. Un nuage monstrueux aux dimensions écrasantes.

« Un continent à la dérive », pensa le jeune homme.

La cloche d'alerte continuait à retentir avec fureur.

– Nuage en vue ! hurlait le guetteur pris de panique. Nuage en vue ! s'égosillait-il, comme s'il était encore possible d'ignorer une menace aussi évidente.

Tout l'équipage s'était massé à bâbord. Le capitaine, dont l'armure de pluie était toute cabossée, porta à son œil un instrument de mesure.

– Il se déplace vite, dit-il entre ses dents. Anormalement vite. Je n'ai jamais vu ça.

Nath plissa les yeux. Le nuage semblait flotter à quelques mètres au-dessus de la surface de la plaine, telle une étrange baleine bleutée volant au ras des vagues.

– À quelle hauteur est-il ? demanda l'un des matelots.

– Six mètres, pas plus, fit Neb en tripotant nerveusement son harpon fétiche.

Nath serra les mâchoires. Bien qu'ayant passé la majeure partie de sa vie dans une zone dégagée, il connaissait bien le danger représenté par les nuages solidifiés. Les icebergs-nuages, comme les appelaient les marins. Ordinairement composés de vapeur d'eau, les nuages de la planète Almoha avaient vu leur structure moléculaire se modifier de façon alarmante, s'épaissir, puis durcir jusqu'à atteindre la consistance de la pierre. Nath s'était toujours intéressé à ce phénomène. Une fois, son père lui avait expliqué qu'il ne s'agissait pas réellement de nuages. « Ce sont des formations instables, avait-il proclamé de sa voix un peu doctorale, des nappes de gaz obéissant à des lois chimiques mal connues. Elles se solidifient tout en continuant à flotter dans le ciel. Cependant, plus leur poids augmente, plus leur altitude de croisière diminue. C'est quand elles commencent à raser la plaine qu'elles deviennent dangereuses, car elles écrasent tout ce qui se dresse sur leur passage. »

Le nuage qui flottait en ce moment à un demi-kilomètre du navire devait avoir la taille d'une maison de dix étages. Son apparence aérienne de moutonnement bleuté faisait penser à quelque crème onctueuse où l'on devait s'enfoncer comme dans un rêve. « Un brouillard de plumes de cygne », pensa Nath, répétant bêtement une comparaison dont son père avait coutume d'user.

Une montagne de duvet blanc. La comparaison

pouvait paraître exacte si l'on réussissait à oublier une seconde qu'on se trouvait en face d'une véritable muraille, dont la blancheur trompeuse avait la dureté d'un rempart de forteresse. Oui, les nuages étaient au ciel d'Almoha ce que les icebergs sont à la Terre.

Déjà le capitaine donnait des ordres. Neb posa la main sur l'épaule du jeune homme. L'excitation se lisait dans ses yeux jaunes.

– On va en finir avec cette cochonnerie d'enclume flottante ! cracha-t-il.

Nath lui jeta un rapide coup d'œil :

– Il est vraiment dangereux ?

Neb rugit :

– Vraiment dangereux ? Tu délires ! D'où sors-tu ? Les nuages sont toujours dangereux. D'abord ils dérivent au hasard, un an – parfois davantage –, à dix mètres au-dessus du sol, emboutissant tout sur leur passage comme des éléphants ailés. Dans le temps… c'est trop vieux, tu n'as pas connu ça, mon père me racontait que les astronautes qui se posaient sur Almoha crevaient de peur à l'idée de rencontrer un nuage sous leurs réacteurs au moment de l'atterrissage. Il y a eu des accidents par centaines. Des fusées décollaient et se retrouvaient brusquement, en pleine ascension, face à l'un de ces murs volants surgissant de nulle part. Maintenant, ils sont devenus trop lourds, ils descendent, descendent jusqu'à crever la croûte de boue séchée. Ils s'enfoncent dans la vase, et c'est le raz de marée assuré pour tous les villages des alentours. La canonnière est là pour remettre de l'ordre dans ce chaos. Plus elle détruira de nuages, plus nous aurons de chances de survivre.

Il dévala l'escalier de l'entrepont, disparaissant dans le gouffre sombre et malodorant qui, dès lors, devenait son domaine. Les recruteurs n'avaient pu mettre la main sur un véritable artificier, et Neb était le seul à savoir correctement pointer un canon.

Nath s'accouda à la rambarde de cuivre. Devant eux le nuage se déplaçait rapidement dans leur direction.

– Il nous prend par le travers ! cria le guetteur.

– Il va nous éperonner, balbutia un matelot.

L'énorme masse rose bleuté glissait dans le plus parfait silence et le spectacle avait quelque chose de fascinant.

« C'est un monstre de fumée », pensa Nath. En

plissant les yeux, il distingua une nuée d'oiseaux perchés au sommet des plus hauts moutonnements. Il eut envie de hurler et de taper des mains pour les faire fuir, mais c'était inutile ; à cette distance aucun ne l'aurait entendu. Il espéra que la première détonation les éparpillerait. S'il détestait les lézards, il éprouvait une sotte affection pour les gros oiseaux malhabiles de la plaine.

Dans son dos, le capitaine commanda le feu. La première salve roula, éveillant des stridences au cœur du navire, qui vibra comme une cloche. Un sifflement déchira l'air. Ils virent tous distinctement les projectiles frapper les rotondités du nuage, puis ricocher… et amorcer leur chute. La surface blanche aux délicates ombres roses ne présentait pas la moindre fêlure à l'endroit de l'impact. La pesanteur d'Almoha, trop élevée, avait privé les obus de leur puissance destructrice.

Un silence écrasant était tombé sur le navire, et les marins, pareils à un alignement de statues, avaient abandonné leurs tâches pour demeurer ainsi, tête levée, nuque cassée, figés par la stupeur.

Personne ne bougea. Nath laissait son regard s'envoler de moutonnement en moutonnement, de vallée de fumée en crête de brume. Il pensa soudain qu'une telle masse aurait pu supporter le poids de deux ou trois villes sans perdre un centimètre d'altitude, on aurait pu y bâtir des routes, des fontaines… Il se secoua. Le nuage était un monstre de mort, pas un prétexte à des rêveries de gamin.

– C'est un morceau de ciel qui s'est détaché, balbutia un marin.

Neb Orn se mordait rageusement l'ongle du pouce, réalisant l'impossible gageure à laquelle allait s'attaquer la canonnière. Brusquement il se tourna vers le capitaine et grogna :

– Jamais on n'y arrivera, même si toute la soute à munitions y passe. C'est comme si on donnait un coup de pied dans une montagne… C'est impossible.

Nath pensa qu'il avait raison. Déjà l'ombre du nuage les surplombait et s'étendait sur la canonnière qui, présumant de sa puissance, avait manœuvré de façon à lui couper la route. Muets de terreur, ils regardèrent glisser ce plafond dur comme le marbre à six mètres au-dessus de leurs têtes.

– Le ciel tombe ! Le ciel tombe ! hurla un marin superstitieux.

« En tout cas, ça y ressemble bigrement », pensa Nath.

Il tourna la tête. La masse se dirigeait à présent droit vers la ville, bâtie comme de coutume en haut d'une colline.

Déjà la population dévalait les rues en longues colonnes dans un amoncellement hétéroclite de ballots et de paquets. Les fuyards allaient stagner au pied de la colline comme des animaux privés du sens de l'orientation et condamnés à boucler indéfiniment le même cercle. Ils tournaient, incapables de rompre le charme qui les tenait prisonniers. Incapables d'abandonner leurs maisons.

Nath frissonna. Les premiers contreforts du nuage venaient d'enfoncer le mur d'enceinte. La muraille bascula sur elle-même dans un silence irréel dû à la mauvaise propagation du son dans l'atmosphère épaisse d'Almoha. Le nuage poursuivit sa route sans dévier de son axe, avec une lenteur majestueuse qui faisait penser à l'obstination d'une bête préhistorique insouciante des arbres et des animaux qu'elle piétine, et qui avance dans un demi-sommeil indifférent. Les maisons s'effondrèrent, engloutissant des familles hurlantes, la bouche pleine de plâtre ; les immeubles se couchèrent comme les herbes d'un champ sous les semelles d'un marcheur, et les murs se changèrent en pierres tombales sous lesquelles s'entassèrent femmes et enfants. Nath observait la ville broyée dont les débris coulaient à présent le long des rues tels des fleuves de gravats. Le vent rabattait le brouillard de plâtre et de ciment pulvérisé sur les fuyards, teignant leurs vêtements, leurs peaux et leurs cheveux d'un même gris uniforme.

– La couleur de deuil des villes écrasées est toujours grise, récita Neb Orn.

Nath pensa une seconde que le terrible arasement n'avait même pas dû rayer les volutes du nuage. Le contraste entre la fragilité apparente de la nuée et sa puissance de destruction jetait son esprit dans un état de fascination morbide.

Nath examina le groupe de survivants disséminés au pied de la colline, silhouettes figées dans un abattement muet, et se demanda ce qu'ils allaient devenir.

Bâtir une autre ville supposait qu'on puisse dénicher quelque part des pierres en quantité suffisante.

Sur Almoha, la craie devenait précieuse. La moindre caillasse se troquait à prix d'or dans certaines régions où les cailloux étaient irrémédiablement aspirés par les sables mouvants. S'ils ne trouvaient pas de pierres, les naufragés de la ville broyée construiraient des huttes de boue séchée que la prochaine averse mitraillerait… et réduirait en poudre. Alors ils recommenceraient encore une fois, à moins qu'ils ne se décident à envahir une autre ville, encore habitable, et ne se lancent dans une guerre sanglante.

7

À présent, le nuage occupait tout le sommet de la colline sur laquelle il paraissait posé en équilibre, au ras de l'horizon.

– Il s'en va ! cria quelqu'un derrière Nath.

Effectivement, le nuage s'éloignait, abandonnant la cité saccagée.

– Messieurs, dit le capitaine, vous savez ce qui vous reste à faire. Aux harpons ! Et que tout le monde se tienne prêt pour l'abordage.

Nath déglutit douloureusement. La peur lui nouait l'estomac. Le moment de payer le prix de son passage était venu. Déjà on avait ouvert la soute aux munitions pour en tirer les fameux harpons explosifs, si dangereux à manier. L'angoisse s'était peinte sur le visage des hommes rassemblés. Seul Neb Orn présentait les signes d'une grande excitation. Enfin on allait en découdre ! On montait à l'abordage !

Un marin sortit d'un coffre un fusil harpon d'un genre un peu spécial. L'arme tirait une flèche à pointe explosive qui se fichait comme un piton dans le flanc du nuage. Ce crochet permettrait d'arrimer une échelle de corde sur laquelle les hommes se hissaient ensuite un à un, en priant pour que l'assemblage tienne bon.

Le matelot épaula et fit feu. En raison de la pesanteur, la charge de poudre était très forte, et l'on courait toujours le risque de voir exploser le tromblon entre les mains du tireur. Quand cela se produisait, la tête du malheureux se volatilisait dans un brouillard de sang et l'on ramassait sa mâchoire inférieure sur le gaillard d'avant.

Nath suivit du regard la courbe hésitante du harpon dont la hampe se terminait par une poulie reliée à un mince filin. Le projectile retombait déjà, sa pointe au profil d'obus produisit une détonation sourde en touchant le flanc de la masse nuageuse et s'y incrusta. Souvent il fallait recommencer plusieurs fois avant que le fer ne daigne s'enfoncer dans la matière vitreuse.

– Ça tient ! annonça le matelot en tirant sur le filin.

Le capitaine lui fit signe de hisser l'échelle de corde à barreaux de bois. Cette manœuvre accomplie, l'équipe d'abordage se disposa en file indienne. Nath s'était débrouillé pour être le premier, n'ayant aucune envie d'attendre interminablement que vienne son tour.

Le harpon explosif passé sur l'épaule au moyen d'une bandoulière, il empoigna l'échelle à deux mains. Il perçut les effets de la pesanteur dès qu'il fut à cinq mètres au-dessus du pont. D'un coup, ses oreilles se mirent à bourdonner et il cessa d'entendre les cris d'encouragement des matelots. Il lui sembla que tout son sang refluait vers le bas de son corps et que ses jambes doublaient de volume. Ses souliers devinrent trop étroits pour ses pieds gonflés. Il lutta contre le vertige et s'accrocha aux échelons. Plus il montait, plus les troubles s'aggravaient. Une main invisible pesait sur sa tête, comme si sa calotte crânienne était une noix qu'il fallait faire craquer sans attendre. Des papillons noirs dansaient devant ses yeux. Enfin, il toucha le flanc du nuage.

C'était froid comme le marbre, lisse comme le verre.

Il rampa sur le ventre pour se hisser sur la nuée. Ses doigts humides dérapaient sans trouver d'appui. La masse ne présentait aucune aspérité, rien qu'un alignement de rotondités parfaites. Il glissa le long d'une pente, bras et jambes écartés pour ralentir sa chute. Quand il se redressa, les genoux tremblants, il contempla avec stupeur le paysage qui l'entourait. Le nuage flottait dans le ciel telle une île de marbre immaculé. Sa consistance était exactement celle de la pierre, mais son apparence avait quelque chose d'opalescent. Il était difficile d'admettre qu'une telle masse pût flotter, mais Nath la sentait bouger sous ses pieds, un peu comme le pont d'un bateau. Ses semelles faisaient naître un son creux à chacun de ses pas.

« Les nuages sont solides, lui avait expliqué Moor, son père. Solides mais creux, et emplis d'un gaz qui leur permet de flotter comme des ballons dirigeables. » Le jeune homme réalisait à présent combien c'était vrai.

L'arrivée de Neb Orn le tira de sa stupeur. Le harponneur soufflait comme un phoque sous l'effet de la pesanteur, et son visage avait pris une couleur violacée.

– Hé ! dit-il, ça va ? Tu sais ce que tu dois faire, au moins ?

– Oui, fit Nath d'une voix étranglée. Je cherche les fêlures, et si j'en trouve une, je plante mon harpon dedans, j'arrache l'anneau pour amorcer le détonateur et je cours me mettre à l'abri.

– Ouais, c'est ça, mais fais gaffe.

C'était tout ce qu'on avait pu trouver pour tenter d'affaiblir la cohésion interne des nuages : agrandir leurs fêlures en espérant qu'ils se fragmenteraient en tronçons inoffensifs. La hampe des harpons contenait une charge explosive qu'on mettait à feu comme une grenade, en arrachant un simple anneau. Mais ce dispositif n'était pas très fiable, et il arrivait que le harpon explose au moment même où on le plantait dans la fissure.

– On y va, ordonna Neb. Regarde bien où tu mets les pieds, et avance lentement. À cette hauteur, on tombe vite en syncope.

Nath n'eut pas la force de répondre. Depuis quelques minutes, il avait l'illusion qu'un éléphant invisible s'était confortablement installé sur ses épaules. Il regarda ses pieds et s'étonna de constater qu'ils ne s'enfonçaient pas dans le sol.

– Bouge, lui conseilla Neb. Si tu restes immobile, le malaise va s'accentuer.

Ils se mirent en marche, pesamment, tels des enfants qui font leurs premiers pas. Les oreilles de Nath bourdonnaient de manière insupportable.

Il comprenait enfin pourquoi personne ne pouvait survivre très longtemps sur les nuages. Quelques fous avaient bien essayé, partant du principe qu'il valait mieux chevaucher la bête que de se retrouver sous ses pieds, mais aucun n'avait survécu à l'expérience. À cette hauteur, la pression était trop forte, elle vous comprimait le cerveau, provoquant des hémorragies qui vous transformaient en infirme ou en demeuré.

Nath titubait, le regard flou. Il sentit que du sang lui coulait des narines et il s'essuya machinalement d'un revers de main. Voilà pourquoi personne n'avait jamais pu escalader les montagnes d'Almoha : la pesanteur vous laminait de son rouleau compresseur dès qu'on s'élevait à plus de vingt mètres au-dessus du sol.

Neb avançait, penché en avant, à la manière d'un

scaphandrier marchant au fond de l'eau. Nath se fit la réflexion que l'air paraissait effectivement plus épais.

Ils se déplacèrent à pas lents dans le creux d'un vallon. La géographie du nuage était très accidentée. Les volutes bourgeonnantes formaient des collines semblables à des grappes de raisin sculptées dans le marbre. Des grappes colossales. Il aurait été facile de se perdre dans ce labyrinthe de blancheur où l'on avançait comme sur un étang gelé, aussi Neb prenait-il des repères en traçant des croix sur la nuée au moyen d'un morceau de charbon.

Ils finirent par localiser une fissure.

– Je vais rester là, annonça Neb. Toi, tu vas remonter le plus loin possible. On fera péter les deux charges en même temps, ça sera plus efficace. Sers-toi de ton sifflet pour me signaler quand tu seras prêt. Deux coups longs, un bref. D'accord ?

Nath s'éloigna, les yeux fixés sur la mince crevasse. La manœuvre avait-elle une chance d'affaiblir la structure du nuage ? Il avait du mal à s'en persuader, mais jusqu'à maintenant on n'avait rien trouvé de mieux pour disloquer les icebergs volants d'Almoha.

Il marcha une dizaine de minutes, puis il eut une défaillance qui l'obligea à s'asseoir. Le sang continuait à couler de ses narines, lui poissant les lèvres.

Il examina ses jambes, persuadé que des veinules éclataient déjà sous sa peau. Dieu ! Ses mollets avaient doublé de volume sous l'effet de la pression. Ils étaient violacés, distendus par l'afflux du sang dans les parties basses du corps. On eût dit deux ballons de cuir !

Il ferma un instant les yeux, puis se contraignit à se relever. L'éléphant invisible était toujours là, sur son dos. À travers les bourdonnements qui lui emplissaient les oreilles, il entendait les explosions lointaines provoquées par les autres matelots.

Comme il suivait la fissure au fond d'un vallon, il découvrit les restes d'un campement. Il y avait là une demi-douzaine de cahutes basses tachées de fiente, et à peu près autant de squelettes humains. Probablement les restes d'une communauté ayant tenté de s'acclimater à la vie en altitude. Le village avait été dressé auprès d'une déclivité du terrain dans laquelle l'eau de pluie stagnante formait un lac artificiel. Un poulailler de grillage semblait indiquer qu'on avait tenté de capturer des oiseaux pour constituer une petite basse-cour. Nath se pencha sur les dépouilles. Les os des boîtes crâniennes présentaient des signes manifestes de dislocation.

Combien de temps les malheureux avaient-ils résisté ? Quelques semaines ? Quelques jours ?

Nath décida de ne pas s'attarder. Au moment de planter son harpon dans la fissure il eut une hésitation. L'arme n'allait-elle pas lui exploser dans les mains ? Ce n'était pas impossible…

Il glissa l'embout du sifflet de cuivre entre ses lèvres et plongea la pointe du javelot dans la crevasse, aussi loin qu'il pût. Le fer crissa sur le marbre. Gonflant les joues, il lança le signal, puis arracha l'anneau d'amorçage d'un geste sec. Autant en finir le plus vite possible. En quelques enjambées, il chercha refuge derrière un monticule de marbre, glissa, s'étala sur le ventre. Ses oreilles bourdonnaient tant qu'il n'entendit même pas l'explosion. Il sentit l'onde de choc courir dans le sol et se répercuter dans son ventre. Pendant une seconde, il se demanda avec terreur si le nuage n'allait pas se fendre en deux sous l'effet de la déflagration, et si lui, Nath, n'allait pas partir à la dérive, prisonnier d'une moitié d'iceberg…

Il se releva péniblement et revint sur ses pas. La migraine lui broyait les tempes.

Neb l'attendait. Sans perdre une seconde, ils se dirigèrent vers l'échelle de corde. Ils savaient qu'ils devaient descendre avant de perdre connaissance. S'ils venaient à s'évanouir, la canonnière s'éloignerait sans eux, car personne n'aurait la force de transporter leurs corps inanimés.

Au moment où il se penchait pour saisir le premier échelon, Nath vit que le sang qui gouttait de son nez avait tracé un pointillé écarlate sur la blancheur du sol. Ce dessin lui parut magnifique, et il demeura immobile, contemplant cette étrange ligne frontière.

– Secoue-toi, gronda Neb Orn. Tu es en train de perdre la boule. Il faut redescendre.

Ils se laissèrent glisser vers le pont. Au fur et à mesure qu'ils descendaient, le malaise s'allégeait, puis il disparut tout à fait.

Nath s'affaissa sur un rouleau de cordage.

Ce jour-là, deux matelots furent portés manquants. Le premier avait explosé avec son harpon.

Le second avait été victime d'une syncope, quelque part sur le nuage.

On récupéra l'échelle de corde et l'on regarda s'éloigner l'iceberg volant en priant pour que les fissures qu'on venait d'agrandir produisent un jour prochain sa dislocation.

Nath, quant à lui, n'y croyait guère.

Le lendemain, la canonnière jeta l'ancre près de l'île où il était né. Son voyage s'achevait là. Il était rentré chez lui, et il n'avait aucune idée de ce qui allait lui arriver à présent. Avec un pincement au cœur, il dut dire adieu au harponneur auquel il avait fini par s'attacher.

– Nous nous reverrons peut-être, soupira le gros homme. Tout est possible sur la plaine de boue.

8

Nath débarqua, la mort dans l'âme, après avoir adressé un dernier salut à Neb Orn et à la canonnière, qui continuait sa course au hasard, vers le nord.

Au moment de poser le pied sur le débarcadère, Nath repensa à l'histoire d'Almoha telle que la lui avait racontée son père, jadis. « Mon fils, lui avait expliqué Moor, Almoha a été découverte par des géologues terriens, qui ont aussitôt constaté qu'elle était riche en minerais de toutes sortes. En un rien de temps, cette petite planète a été envahie par les compagnies minières. La jungle qui la recouvrait fut incinérée par les lasers des débroussailleurs. Lorsque Almoha ne fut plus qu'une boule pelée, les extracteurs de minerai, les foreuses de galeries éventrèrent plaines et falaises. Almoha se changea en une colossale exploitation.

– Mais la pesanteur ? avait aussitôt demandé Nath. On pouvait travailler malgré la pesanteur ?

– Les scaphandres et les dômes protecteurs permettaient aux colons de la supporter sans peine, lui avait répondu son père. Les hommes de cette époque avaient pris l'habitude de se rire des contraintes naturelles. La technologie leur donnait les moyens de tricher en permanence, ils se croyaient tout permis. Et cela marcha effectivement jusqu'au jour où les chapelets d'explosions souterraines réveillèrent les volcans endormis qui parsemaient la planète. C'est alors qu'Almoha mourut pour la seconde fois. La cupidité des Terriens leur avait fait négliger l'étude réelle de ce monde, et bien peu d'hommes savaient qu'en réalité l'une des couches constituant son écorce était composée d'un matériau liquide, analogue à de la boue, et soumis à de perpétuelles turbulences. Ce fut cette lave froide que les volcans vomirent pendant des semaines. Ce raz de marée recouvrit toute la planète, engloutissant les villes construites à sa surface. Le plan de sauvetage déclenché *in extremis* permit l'évacuation des colons vivant à proximité des pistes d'envol, mais dans la panique qui présida à cette fuite certains furent oubliés.

– Nous sommes leurs descendants, c'est ça ? demanda Nath.

– Oui, mon fils. Depuis, Almoha est devenue la Planète-deux-fois-morte, le Monde de boue, comme certains l'appellent ; et les rescapés s'accrochent désespérément aux décombres des villes éparpillées ici et là, au hasard des quelques collines que l'altitude a préservées de l'engloutissement total. »

Il n'exagérait pas ; Almoha était un monde qui régressait chaque jour davantage. Une terre molle et mouvante sur laquelle erraient inlassablement les quelques oiseaux ayant échappé aux lasers des défricheurs et qui depuis cherchaient en vain les branches de la grande forêt réduite en cendres, en poussant de tristes croassements.

Après la catastrophe, il avait fallu apprendre à se déplacer sans combinaison isolante, s'habituer à supporter la pesanteur sur ses épaules nues, à avancer la nuque courbée, le dos voûté, les bras ballants, avec cette démarche lourde qui vous faisait des pieds de plomb et vous tirait le sang au bas des membres, gonflant les mains et les mollets pour leur donner en permanence une désagréable teinte violacée.

L'esprit plein de ces sombres pensées, Nath regarda sa ville, ou plutôt ce qu'il en restait. C'était là qu'il était né, dans les décombres de cette cité bâtie en des temps reculés pour le confort des ingénieurs de la compagnie minière. Ici, pas de bungalows de tôle, mais des maisons à « l'ancienne », en brique, agrémentées de balcons soutenus par des cariatides. Des maisons qu'on avait voulu rassurantes, douillettes… En souvenir de la Terre. Que restait-il, aujourd'hui, de ce rêve nostalgique érigé pour une poignée de privilégiés ? Sous ses yeux se dressait une meute de bâtiments émiettés, fichés sur un monticule perdu au milieu d'une plaine boueuse. Des façades aux vitres brisées couvertes de fientes d'oiseaux et constellées de cratères creusés par les averses. Des escaliers éclatés aux marches suspendues dans le vide, à dix mètres au-dessus du sol.

Non, ce n'était pas une ville, juste un champ de décombres.

Depuis le matin, Nath déambulait à travers les ruines, retrouvant les paysages de son enfance. Le hasard de son errance le conduisit à pénétrer dans ce qui semblait être un centre commercial. On aurait dit qu'un énorme coup de boutoir en avait fait éclater la façade. La terrasse était encore encombrée de chariots de supermarché tordus, rongés par la rouille. L'enseigne lumineuse qui dominait le bâtiment avait été pulvérisée, seules quelques lettres subsistaient, blanchies par les déjections des oiseaux marins. Nath serra les dents. À son approche, une meute de petits lézards jaunes s'échappa des crevasses.

« Bienvenue à la maison ! » pensa-t-il amèrement.

Il sortit des ruines, insensible à la bruine de gravillons qui, peu à peu, marquait son visage de petites ecchymoses.

Non, la ville n'avait pas changé. C'est tout juste si l'immense tour de guet dominant l'ensemble des habitations comme un donjon solitaire s'était un peu plus enfoncée dans le sol sous l'effet de la pesanteur.

Depuis que Nath errait dans la ville, personne ne l'avait reconnu. Plus exactement, personne ne lui avait manifesté le moindre intérêt. La ville ne s'animait guère, il est vrai, que le soir, lorsque chasseurs et pêcheurs rentraient, leurs prises en travers des épaules, épuisés, maculés de terre et de boue. Alors la fumée montait au-dessus des cahutes de tourbe, véhiculant des senteurs de viande rôtie et de friture.

Tout en haut de la colline, les vestiges d'un ancien quartier résidentiel accueillaient les familles les plus influentes. Le reste de la population se partageait les quelques buildings de béton et d'acier encore solidement ancrés dans le sol. Toutefois, les ascenseurs étant définitivement paralysés, faute d'énergie, on ne se hasardait guère au-dessus du troisième étage. La pesanteur rendait les escaliers peu praticables ; grimper jusqu'au cinquième vous condamnait inévitablement à la crise cardiaque. Aux étages supérieurs on devenait la proie des lésions cervicales, mieux valait ne pas tenter le diable.

Nath s'interrogeait sur les motifs qui l'avaient poussé à revenir dans cette cité où personne n'avait besoin de lui. Peut-être simplement le désir de retrouver des souvenirs d'enfance, de marcher une nouvelle fois dans un décor connu. Il se demandait s'il n'aurait pas mieux fait de rester sur la canonnière avec Neb Orn. Toutefois, le gros homme ne l'y avait guère encouragé. Pour être tout à fait honnête, il lui avait même laissé entendre que le navire faisait là son dernier voyage, et Nath n'avait pas eu le courage d'insister.

Une fille blonde aux yeux gris, qu'il allait dépasser comme les autres, le saisit tout à coup aux épaules en éclatant d'un rire un peu forcé.

– Nath ! lança-t-elle. C'est toi ? Tu es revenu ?

– Sigrid ? balbutia le jeune homme. Je ne t'avais pas reconnue.

Sigrid ? Quel âge avait-elle à présent ? Seize ans ? Elle en paraissait davantage, mais c'est qu'on vieillissait vite sur Almoha. Elle avait changé, et les lignes de sa cuirasse de pluie soulignaient à présent des formes de femme. Des formes peut-être un peu trop mûres pour son âge. Ils restèrent un instant face à face, comme deux idiots, essayant de retrouver la complicité illusoire d'une enfance passée dans les ruines ; mais c'était déjà si loin… L'enfance et la jeunesse ne duraient jamais bien longtemps dans les cités de la plaine de boue.

– Tu es revenu, répéta Sigrid. Tu as vu toutes les choses que tu souhaitais voir ? Tu voulais tellement voyager…

Il se demanda si elle se moquait de lui ou si elle faisait seulement un effort pour se montrer accueillante. Il crut discerner de fines rides au coin de ses yeux. Paraissait-il aussi vieux qu'elle ? Les deux années passées avec Nioucha avaient-elles suffi à consumer sa jeunesse ?

Il ne pouvait pas rester muet. Pour dire quelque chose, il brossa un portrait imaginaire de son périple. Mais il mentait mal, il eut l'impression que Sigrid s'en rendait compte. Soudain, comme si elle avait honte de le forcer à inventer des fadaises, elle l'interrompit.

– Plus tard, dit-elle. Tu me raconteras ça plus tard.

Elle lui étreignit la main et lui expliqua qu'elle devait le quitter pour rejoindre son père qui relevait ses filets. Nath eut la conviction qu'elle savait déjà tout de Nioucha, de l'igloo, des lézards et de son échec. Il ne chercha pas à la retenir. Avant de disparaître à l'angle d'une rue, elle se retourna pour crier :

– Hé ! Tu sais que c'est demain l'élection ! La sentinelle est morte il y a quatre jours, la pesanteur lui a fait éclater les veines du cerveau. Il faut élire son remplaçant. C'est pour ça que tu es revenu, pour tenter ta chance ?

Puis, sans attendre de réponse, elle disparut.

Nath fronça les sourcils. La coïncidence était étrange.

Il était parti à la mort de celui qui avait été probablement la meilleure sentinelle de la colline – Moor, son père –, et le hasard le faisait justement revenir la veille du jour où la population de la cité allait se donner un nouveau guetteur. Instinctivement, ses yeux se portèrent vers la haute tour aux créneaux ébréchés dominant la plaine, d'où le regard pouvait détecter les icebergs-nuages flottant au ras du sol.

Ainsi le tirage au sort avait lieu le lendemain ? Il se demanda un instant s'il tenterait sa chance. Ç'aurait été évidemment un moyen de se tirer d'affaire. Pourtant, il sentait en lui une certaine réticence, probablement due au fait que son père était mort de son dévouement à la communauté, usé par les gaz des marais et les effets de la pesanteur, terriblement contraignante au sommet de la plate-forme de guet. Avait-il envie, lui, Nath, de mener la même vie ? Il n'en était pas certain.

Le jeune homme passa la journée assis au bout d'un débarcadère désaffecté, méditant sur la curieuse nature de la cité, tantôt située sur une colline, quand la boue séchée faisait de sa croûte un désert, tantôt perchée en haut d'une île, quand à l'occasion d'une tempête la plaine se craquelait, laissant jaillir des torrents de glaise fluide qui formaient vite une véritable mer de boue.

Bercé par sa rêverie morose, il ne sentit pas les heures s'écouler. Vers le soir, une main calleuse et sale se posa sur son épaule. C'était Sigrid qui revenait.

– Tu rêves ? dit-elle tristement en s'asseyant à son côté. Rien n'a changé ici, tu sais. À part le fait que la colline devient un peu plus molle chaque année. Certains immeubles, entraînés par le poids de leurs fondations, s'enfoncent, d'autres basculent et sombrent comme des bateaux pourris. Et puis il y a la terre que les pluies enlèvent ; bientôt on ne saura plus où faire pousser les légumes.

Elle fit une pause et ajouta :

– Tu sais qu'on monte déjà des expéditions pour aller voler de la terre dans les îles voisines ? Les gars abordent pendant la nuit et remplissent leurs sacs d'humus... C'est un travail dangereux, si l'on se fait prendre on est aussitôt exécuté. Mon père a déjà volé et revendu plusieurs tonnes de bonne terre noire... Il est fou, un jour il se fera lyncher.

– Il vole de la terre ? répéta Nath, incrédule.

– Oui, pour faire pousser des légumes.

Il sentit qu'elle l'observait fixement.

– Pourquoi es-tu revenu, Nath ? insista-t-elle avec une étrange hargne. Pourquoi n'as-tu pas continué à explorer le monde ? Ici, personne ne veut bouger ; c'est comme si nous étions tous prisonniers volontaires du même bagne... Est-ce qu'il n'y a vraiment rien de mieux ? Je veux dire, ailleurs ?

Alors il lui parla des Têtes-Plates, des lézards, de sa famille détruite.

Elle l'écouta en silence. Ils restèrent un long moment à se regarder. Le ciel s'assombrissait.

– Où vas-tu dormir ? demanda Sigrid en se redressant.

Nath désigna un immeuble abandonné dont la façade s'ornait d'un panneau publicitaire rongé par la rouille.

– Là-haut, dit-il, j'ai vu qu'il n'y avait personne.

Sigrid fit une grimace :

– Méfie-toi, les maisons vides sont souvent des maisons en train de sombrer. Je passerai te chercher demain matin.

Elle eut un geste rapide de la main. Trop rapide peut-être. Elle tourna les talons. Son armure de pluie cliquetait dans le noir tandis qu'elle dévalait le chemin en pente.

Nath ramassa ses maigres affaires et prit le chemin de l'habitation désertée. Sigrid avait raison. Pourquoi était-il revenu ?

9

– Nath ! Vite, réveille-toi ! Nath !

La voix stridente de Sigrid perçait douloureusement la coquille d'hébétude que le sommeil avait tissée autour du cerveau de Nath.

Il se redressa d'un bond, émergeant du fouillis de toile grossière qui lui tenait lieu de couche, et son dos nu racla le crépi du mur. Sigrid était dans la cour, bombardant de cailloux l'unique vitre de la fenêtre.

– C'est l'élection ! cria-t-elle de nouveau. Remue-toi.

Cette fois, le sommeil avait fui. Nath ramassa sa tunique et sa cuirasse de pluie et marcha vers la porte. Immédiatement, ses pieds détectèrent l'inclinaison anormale du sol. La maison penchait ! Horizontal la veille, le plancher formait à présent une pente inclinée à trente degrés. À chaque pas du garçon, le sol gémissait et la maison s'enfonçait un peu plus, tel un navire dont l'épave repose en équilibre sur un récif.

Il dut finalement sortir par la fenêtre. La boue qui s'engouffrait dans l'ouverture béante de la porte cochère avait englouti les escaliers jusqu'au niveau du deuxième étage. Sigrid le dévisagea avec une pointe de colère dans le regard.

– Si je ne t'avais pas réveillé tu sombrais avec cette fichue baraque, cracha-t-elle.

Comme il haussait les épaules, elle revint à la charge.

– Bon sang ! Secoue-toi, tu as l'air d'un fantôme. Je me demande quelle tête tu aurais faite en ouvrant les yeux sous dix mètres de boue !

Déjà, autour d'eux, des bandes de gosses dévalaient les rues, psalmodiant des rengaines sur lesquelles ils tentaient d'accorder le rythme de leurs pas. Nath entendit tout près de lui le martèlement répété de quelques mots, toujours les mêmes : « C'est l'élection ! L'é-lec-tion ! »

Sigrid le prit par la main et ils se mirent en marche, se faufilant entre les groupes.

Il y avait à l'extrémité sud de la colline un lieu qu'on appelait l'Étang des sirènes, une mare d'où montait un clapotis comparable à celui de la mer. Un étang aux eaux noires, un peu effrayantes. C'est là, traditionnellement, qu'avait lieu la cérémonie du tirage au sort. Déjà la foule s'agglutinait, en proie à une grande excitation, parlant fort et se bousculant, au risque de tomber dans la mare.

– C'est l'heure, souffla Sigrid. Viens.

Plus de deux cents individus faisaient la queue, et cette masse humaine bruissait comme une ruche. Nath avait déjà vu cela dans son enfance. Il avait souvent fait la queue, lui aussi, jusqu'au jour où son père avait été élu. Arrivé au bord du trou, une odeur de vase vous prenait à la gorge. Chacun s'avançait vers la mare, et d'un mouvement circulaire du bras lançait dans l'eau un morceau de tuile d'argile où il avait au préalable gravé son nom. Toute la population, excepté les femmes, répétait le geste rituel jusqu'à ce que les vagues charrient un gigantesque annuaire recensant tous les noms des hommes de la colline. Puis l'heure du tirage au sort arrivait. On allait chercher Torn, le plongeur aveugle ; on lui passait une corde autour de la taille et on le jetait au milieu des vagues grondantes. Il se laissait couler, bras en croix, jambes jointes, mains ouvertes. Dès qu'un morceau d'argile heurtait sa paume, il serrait le poing et se faisait haler. Il suffisait alors de lire et de crier le nom inscrit. Parfois, c'était celui d'un mort, car les eaux du marigot charriaient les tuiles de plusieurs générations, Torn devait alors replonger.

Ensuite on portait le nom à travers la ville. L'élu était sacré sentinelle pour les dix années à venir. On le conduisait jusqu'au pied du donjon. Il marchait lentement vers la petite porte de fer entrouverte, avec le poids des regards sur ses omoplates. Il savait qu'il trouverait la cape verte à capuchon, emblème de sa fonction, pliée sur une chaise ainsi que les clés du lieu. Son prédécesseur sortirait dans l'indifférence générale et retournerait à sa maison, à son campement, où son premier geste serait de marquer une tuile à son nom en vue du prochain tirage au sort.

Oui, Nath connaissait le rituel par cœur. Son père n'avait-il pas été l'une des meilleures sentinelles de la colline ?

Il réalisa brusquement que Sigrid le tirait par le bras.

– Viens, Nath ! martelait-elle. C'est l'heure, il faut jeter ta tuile.

Nath détourna les yeux, mal à l'aise. La foule piétinait, gesticulait, oubliant pour une fois l'effet oppressant de la pesanteur.

– Sigrid, murmura-t-il enfin comme s'il craignait que l'écho n'emporte ses paroles pour les répandre en tonnerre sur la ville. Sigrid, je n'ai pas gravé de tuile. Je n'ai pas envie d'être sentinelle.

Comme la jeune fille allait dire quelque chose, un groupe s'approcha. Nath les connaissait, leur chef s'appelait Joss, c'était un type malingre à la peau trop blême, beaucoup moins fort que ses camarades aux muscles saillants, aux pieds et aux mains fortement développés. Nath s'était toujours étonné de l'emprise que Joss exerçait sur la bande. Mais il est vrai que Joss était doué pour la méchanceté et que chacun des mots coulant de sa bouche était imprégné de fiel. À l'air chafouin qu'affichait le bon à rien, Nath comprit que sa conversation avec Sigrid avait été entendue par la petite troupe. Joss s'assit sur ses talons, immédiatement imité par les autres, car sur Almoha rester debout réclamait une bonne musculature.

– Tu n'es pas avec les autres ? dit le voyou d'une voix monocorde faussement calme. Tu n'as pas envie de tenter ta chance ? Ou bien peut-être que tu as le vertige et que les escaliers de la tour de guet te font peur ?

La bande pouffa de rire dans la semi-obscurité du petit matin.

– On raconte que tu t'es marié avec une Tête-Plate, reprit Joss. Une vraie sauvage… T'aurais même eu un marmot avec elle, une espèce de chiot qui ne savait qu'aboyer. C'est vrai ? Qu'est-ce que tu es revenu faire ici ? Manger notre pain ? Si tu ne veux pas être sentinelle, qu'est-ce que tu vas faire ? Prendre un bâton, une écuelle, et devenir mendiant ?

Nath sentit la main de Sigrid serrer son biceps ; mais c'était inutile, il était calme, très calme. Il y avait longtemps qu'il avait dépassé le stade de la colère.

On racontait bien des choses sur les sentinelles et sur leur lieu de résidence, Nath le savait. Les contes les plus fantastiques couraient, alimentés par la passion collective et l'espoir. Certains prétendaient que la tour était le point de départ de cent vingt souterrains plongeant au cœur de l'écorce de la planète, loin sous la croûte de boue. La taupinière étendait ses ramifications très profondément jusqu'à une ville engloutie, une cité sous-marine expérimentale ayant échappé au cataclysme. L'imagination baroque des conteurs faisait de cette station souterraine un abri anti-atomique. C'était un monde sec et chaud où l'on pénétrait par la « salle des mille baignoires », dans une senteur de savon, de sels de bain et de mousse à raser. Les choses y étaient solides, les murs et le sol avaient la saine consistance du béton. Les filles de là-bas sentaient la peau fraîche et non l'épave, on pouvait plonger les doigts dans leur chevelure sans avoir l'impression de mettre la main dans une masse de varech, sans avoir besoin, ensuite, de se curer les ongles. Certains tunnels plongeaient droit au cœur des magasins de l'armée où les congélateurs contenaient encore de la viande de bœuf !

De la viande de bœuf !

On guettait chaque parole des ex-sentinelles, quêtant avec passion la plus petite information sur ce qui se cachait en dessous ou au-delà, et dans l'esprit de chacun devenir sentinelle, c'était avoir pour dix ans la clé des souterrains. C'était avoir accès à des mondes fabuleux.

Enfant, Nath avait lui aussi rêvé du grand escalier, du tunnel central, de la salle des mille baignoires. Comme beaucoup, il avait été persuadé de l'existence de la ville engloutie. Maintenant il était trop grand pour ces contes à dormir debout. Trop grand ou trop vieux…

Joss ricana :

– Tu ne réponds pas ? Peut-être que la maladie des Têtes-Plates est contagieuse ? Tu n'as même plus assez de cervelle pour penser correctement.

La voix d'un autre voyou monta brusquement dans la pénombre, vibrante d'excitation.

– Grog, qui a été sentinelle avant ton père, nous l'a dit ! Il a vu la chambre froide avec les jambons, les saucisses, et trois cents filles blondes qui préparent le repas des sentinelles. Il…

– Ne mens pas, coupa Joss en pointant l'index vers Nath. Tu ne nous feras pas croire que tu n'as jamais accompagné ton père quand il descendait dans les appartements secrets de la tour, hein ?

Nath tourna les talons. Sigrid le suivit.

– C'est ça ! cracha Joss. Retourne chez les Têtes-Plates, tes copains ! Entraîne-toi à aboyer avec eux puisque tu ne sais plus parler !

Les deux jeunes gens s'éloignèrent en bousculant les voyous tandis que des enfants, qui avaient suivi l'affrontement, embusqués derrière un rocher, psalmodiaient au milieu de grands rires :

– L'a pas gravé de tuile ! L'a pas gravé de tuile !

– Calme-toi, murmura Sigrid au bout d'un moment. Moi non plus, je n'aime pas beaucoup ces légendes. Ni cette façon qu'ils ont tous de se moquer des Têtes-Plates... Ils oublient que les Têtes-Plates sont nés de parents humains, comme toi et moi.

Le vent qui venait de la plaine les enveloppa d'une bouffée moite où l'on pouvait discerner sans peine les exhalaisons gazeuses des marais. Derrière eux, une clameur monta, vite emportée par la rafale.

– Le tirage au sort est terminé, constata Sigrid. Nous avons une nouvelle sentinelle. J'aurais voulu que tu tentes ta chance, ç'aurait été mieux pour nous tous... Depuis ton départ, les choses ont changé. Et pas en bien. Il faudra que je t'en parle. Nous sommes en danger...

Nath serra frileusement le col de sa tunique ; à nouveau la tristesse s'infiltrait en lui. Sigrid le devina aussitôt :

– Tu penses à ta femme ?

– Oui.

Les mots passaient mal.

– Sigrid, souffla-t-il, je crois que je préfère rester seul.

La jeune fille eut un sourire triste.

– Je comprends, dit-elle.

Mais il sentit qu'elle lui en voulait de la repousser. Avant qu'il ait eu le temps d'ajouter quelque chose, elle avait disparu dans les décombres.

À ce moment, le bruit d'une cavalcade roula sur la route. Un groupe d'hommes et d'enfants venait dans sa direction avec l'intention évidente de continuer vers la ville. Ils couraient pesamment, douloureusement, la bouche grande ouverte, haletant et luttant contre le point de côté qui leur sciait le flanc. Certains portaient des torches dont la flamme aplatie menaçait de s'éteindre à chaque pas. En passant devant Nath, ils tournèrent la tête pour crier :

– C'est Ghun ! C'est Ghun, la nouvelle sentinelle !

Nath serra les dents et hâta le pas. En arrivant devant l'immeuble qui l'avait abrité la nuit précédente, il constata que l'habitation s'était encore enfoncée de deux étages et qu'il était peu prudent de dormir en un tel lieu. Sans but, il descendit la rue principale. De temps à autre, des groupes le bousculaient, lui hurlant le même refrain aux oreilles : « C'est Ghun ! C'est Ghun ! »

Il se dégageait alors d'un coup d'épaule agacé. Il ne savait pas où aller ; il avait faim et déjà un peu froid. Quelqu'un cria dans son dos :

– Ce soir, Ghun mangera au grand banquet des sentinelles, il se fera beau dans la salle des mille baignoires. Ce soir, Ghun ne mangera pas de lézard, mais de la vraie viande ! Ce soir…

Nath haussa les épaules. Psalmodier les avantages de la fonction de la sentinelle faisait partie du rite. Dans quelques instants, on énumérerait les différents plats du menu, on parlerait de la tiédeur du lit aux draps de soie…

Enfant, Nath avait lui aussi écouté béatement ces discours, salivant à l'énoncé de mets dont il ignorait jusqu'à la composition. Fermant les yeux, il s'imaginait alors assis à la table du banquet, repu, le ventre sur le point d'éclater. La douce chaleur d'un feu le faisait dodeliner de la tête. Alors, une jeune fille blonde le soulevait dans ses bras, le portait dans un lit sec, où ne pullulait aucune vermine, et le bordait en lui chuchotant des mots apaisants.

La vérité l'avait cruellement secoué la première fois qu'il avait pénétré dans la tour de guet, peu après l'élection de son père. Les murs y étaient pleins, le sol ne révélait aucune trappe, et – à part la porte de fer barrant l'entrée – il n'y avait aucun passage secret enfoui dans l'épaisseur de la muraille. La tour était un monde clos, à trois étages, sans ouverture sur l'ailleurs.

Le jeune homme soupira. Voilà ce que trouverait Ghun, ce soir, en prenant possession de son nouveau domaine.

Nath réalisa soudain que la faim lui tenaillait le ventre. Mais il était trop fier pour mendier, d'ailleurs cela n'aurait pas servi à grand-chose. La population de la colline était trop avare d'une viande chèrement acquise pour la distribuer à des bons à rien.

Seule Sigrid aurait pu l'aider, mais Nath ignorait tout de l'endroit où elle avait trouvé refuge, et la colline se révélait souvent – même pour ses habitants – un véritable labyrinthe. L'agitation des rues l'irritait. Ce soir, tout le monde rêvait par personne interposée, et chaque homme raclait au fond de son écuelle la viande fibreuse des lézards en s'imaginant attablé devant les plats d'argent de la salle du banquet souterrain.

S'ils avaient su…

S'engouffrant dans une rue latérale, il décida de chercher parmi les décombres une maison où il pourrait passer la nuit sans risquer d'être englouti avant le matin.

Il finit par dénicher, tout en haut d'un escalator rouillé, les ruines de ce qui semblait avoir été en des temps meilleurs une galerie marchande. L'endroit avait le mérite d'être pourvu de banquettes de bois qui l'isoleraient de l'humidité du sol. Il s'y jeta, brisé de fatigue.

Le sommeil vint presque immédiatement. Un sommeil de fièvre jalonné de cauchemars. Il lui sembla bientôt que des pierres se détachaient du plafond pour venir s'écraser sur le sol métallique, de plus en plus près de sa tête…

Lorsqu'il ouvrit les yeux, une silhouette massive se dressait en haut de l'escalator, entre la ville et lui.

Hébété, Nath réalisa que son rêve n'avait fait qu'enjoliver le bruit de pas de l'homme gravissant pesamment les marches de fer. Un capuchon de soie verte dissimulait le visage de l'inconnu dans son trou d'ombre.

– Salut à toi, Nath, fit une voix profonde et basse. Je m'appelle Ghun. Je suis la nouvelle sentinelle.

10

L'homme avait rabattu le capuchon, et la lueur vacillante des torches parcourant la ville allumait des reflets sur son crâne rasé. Il avait le visage épais et dur des chefs de guerre et, sous la cape entrouverte, sa cuirasse de pluie renforcée de boulons achevait de lui donner l'apparence des princes brigands écumeurs de plaines.

– Je vois que tu n'as pas l'air de savoir où dormir ce soir, reprit-il de son étrange voix sourde. Et manger ? Est-ce que c'est un crapaud caché dans l'obscurité qui coasse comme ça, ou bien est-ce… ton estomac ?

Nath secoua la tête. Il était inutile de chercher à dissimuler qu'il n'avait plus rien.

– À ce qu'on m'a dit, reprit Ghun, ton père t'a

laissé démuni. C'était un homme désintéressé vivant d'aumônes. Il a négligé de te donner l'éducation des chasseurs de lézards, mais, par contre, tu connais les textes sacrés, les versets du livre des Mises en garde, les chants de veille. Est-ce vrai ?

– C'est vrai, confirma Nath.

Au moment où il prononçait ces mots, il eut une pensée amère pour sa pauvre tentative d'émancipation, lorsqu'il avait quitté la colline pour s'établir chasseur sur la plaine. Ces deux années d'enfer passées dans l'igloo boueux avec Nioucha, il ne parviendrait jamais à les effacer de sa mémoire ! Chaque chasseur défendait âprement son territoire, et Nath avait eu les plus grandes difficultés à s'imposer, à conquérir sa terre. Plus tard, il avait découvert qu'en réalité il n'avait rien conquis du tout. On n'avait fait que lui abandonner une mauvaise place où croupissait une bande de lézards à peau bleue, dont la chair était immangeable et le cuir impossible à tanner. Pour finir, il avait dû s'avouer qu'il n'avait aucune disposition réelle pour la chasse et qu'il serait toujours un mauvais traqueur. Cette inaptitude, il la devait en grande partie à son père, le maître guetteur de la colline !

– C'est vrai, répéta-t-il avec lassitude. Je n'ai rien, que ma cuirasse de pluie, et ta présence ici m'étonne.

La sentinelle s'appuya à la rambarde caoutchoutée de l'escalator, faisant grincer son armure. Maintenant les lueurs de la ville dansaient sur son profil, accusant ses traits de rapace. Il fit entendre un rire de gorge étouffé, pénible, presque un râle.

– Tu te sous-estimes, grogna-t-il. Tu es peut-être un mauvais chasseur, mais tu es un lettré, un connaissant, comme on dit ici. Tu sais les livres par cœur. Ton père t'a initié.

Le jeune homme se redressa, en éveil, cherchant l'ironie sous le propos flatteur. Mais l'homme semblait sincère, presque admiratif.

– Je vais être direct avec toi, chuchota la sentinelle. J'ai besoin de toi pour remplir correctement le rôle qu'on m'a donné. Tu ne devines pas ce qui m'a poussé à venir te chercher ce soir ?

Surpris, Nath oublia toute sa méfiance.

– Écoute ma voix, reprit Ghun. Bon Dieu, elle est brisée. Un accident de chasse m'a bousillé les cordes vocales. Je ne murmure pas par crainte des oreilles indiscrètes, je n'ai rien à cacher, non. Je ne pourrais pas crier, même si un lézard m'arrachait les jambes. J'ai besoin de toi, Nath ! Imagines-tu une sentinelle à moitié muette, incapable de psalmodier les textes saints ? Le guetteur ne peut pas se taire, maintenant moins que jamais. Tu prêcheras à ma place, tu seras ma voix. Seulement ma voix, car mes yeux, eux, n'ont besoin d'aucun remplaçant. Ce sont des yeux de chasseur, ils savent sonder l'obscurité et le brouillard, deviner les mouvements furtifs de la proie. Je saurai mieux que n'importe qui guetter ce qui vient de la brume, du ciel ou de la plaine. Veux-tu être ma voix ? Si tu acceptes, tu pourras dormir dans la tour, tu partageras mon ordinaire, tu ne manqueras de rien. Je te donnerai étoffes et couvertures et je réparerai ta cuirasse.

Nath détourna la tête. La proposition de Ghun tombait à point. Elle lui permettrait de retrouver sa place dans le clan, du jour au lendemain, elle lui éviterait de devenir l'un de ces errants chassés de leur tribu parce qu'ils sont incapables de subvenir à leurs besoins. La raison lui criait d'accepter sans plus attendre. Il n'avait pas le choix. Pourtant, tout au fond de lui, quelque chose d'obscur lui commandait de n'en rien faire. Cette même force qui l'avait poussé la veille à s'abstenir de graver son nom sur la tuile du tirage au sort. Pourquoi ? Il n'en savait rien.

C'était comme le tiraillement naissant d'une révolte dont il ne saisissait pas le sens. Et pourquoi Ghun avait-il dit un instant plus tôt : « Le guetteur ne peut pas se taire, maintenant moins que jamais » ?

La main de Ghun posée sur son épaule le tira brusquement de ses pensées. Elle était dure et pesante. Un instant, Nath crut reconnaître au majeur la bague des chasseurs solitaires, les seuls à oser s'aventurer sur la plaine de boue au-delà des limites raisonnables pour traquer le gros gibier fuyant la proximité des humains. Sans la protection de sa cuirasse, il aurait pu sentir le cal barrant la paume en diagonale, cette corne née du maniement permanent des harpons d'os et d'acier.

– Viens demain à la tour, râla l'étrange voix de la sentinelle. C'est le seul moyen pour toi de retrouver ta place dans le clan. Si tu ne le fais pas, ils te lapideront pour te forcer à quitter l'île. Tu le sais bien. Ils t'appelleront « l'ami des Têtes-Plates », et aucune fille ne voudra jamais se marier avec toi. Viens. Plus tard, je t'apprendrai à chasser, et quand notre tour de garde sera fini tu deviendras un pourvoyeur de viande payé au prix fort, un chasseur solitaire. Tu auras eu le meilleur maître : Ghun-le-muet.

Nath fit un pas en arrière, se dégageant. La main du guetteur retomba contre sa cuirasse dans un bruit d'acier.

– Je viendrai, dit-il. Demain à l'aube, pour la première prière.

Les mots avaient passé ses lèvres, rapides, trop rapides.

Déjà Ghun remettait son capuchon et se drapait dans sa cape. Au moment de descendre l'escalator, il se retourna un bref instant et leva la main, paume ouverte, en signe de salut. L'instant d'après il avait disparu. Nath se retrouva seul. La ville était devenue noire, inquiétante. Les torches s'étaient éteintes, laissant planer dans l'air une senteur de goudron et de fumée.

11

Le donjon avait vieilli. Nath s'en rendit compte le pied à peine posé sur le premier barreau de l'interminable échelle menant au sommet. Ici, comme partout ailleurs, la pesanteur avait laissé sa marque. La construction s'était affaissée ; des réseaux de craquelures parcouraient le revêtement des parois et le sol était bizarrement incliné, comme si le bâtiment penchait du côté sud. L'échelle courant d'étage en étage par une ouverture du plancher était rongée par la rouille et certains barreaux manquaient. Le jeune homme retrouva ce décor familier avec nostalgie ; un flot de souvenirs l'assaillit. Un instant, il se laissa bercer par ces images jaunies, s'abandonnant à l'engourdissement du passé et toute sa vie sur la colline défila devant ses yeux.

Sa mère étant morte en lui donnant le jour, Nath n'avait eu pour tout modèle que Moor, son père. Il gardait de ce dernier l'image d'un homme maigre, austère, flottant dans sa cape verte. Un chef sévère dont la bouche aux lèvres sèches ne s'ouvrait que pour réciter et réprimander. « Je te semble dur, avait coutume de lui dire Moor, mais c'est parce que mes responsabilités sont écrasantes. La survie de la colline dépend de moi. Je dois être constamment aux aguets. Un nuage tueur peut surgir à tout moment, et je suis le seul à pouvoir le repérer assez tôt. Ça ne me laisse pas beaucoup de temps pour m'occuper de toi. Avant, j'étais comme tout le monde, mais tu étais trop petit, tu ne t'en souviens pas. La charge que m'a confiée le hasard du tirage au sort a fait de moi un autre homme. »

L'enfance de Nath avait été morne, les gosses de la colline jouant peu ; dès sept ans, on les dressait à la chasse aux lézards, car il était vital qu'ils soient capables de se débrouiller tout seuls le plus tôt possible.

De cette époque, Nath ne se souvenait guère que du jour où Moor avait recueilli un faucon blessé au sommet de la tour. En peu de temps, il avait réussi à le dresser, si bien que l'oiseau était devenu leur premier fournisseur de gibier. C'était le seul animal familier dont Nath avait disposé ; encore lui avait-il fallu se garder des coups de bec du rapace, qui n'aimait guère être cajolé et n'aurait pas répugné à se repaître d'une ou deux phalanges humaines.

Petit garçon, Nath avait mené une vie solitaire, car les autres enfants l'évitaient… ou lui lançaient des pierres s'il faisait mine de vouloir se joindre à eux. « Les sentinelles sont des sorciers, prétendaient-ils. Ils peuvent jeter des sorts. Il vaut mieux ne pas les fréquenter. »

Nath avait fini par s'y habituer. D'ailleurs son père ne l'encourageait pas à se mêler aux autres. « Les sentinelles sont des seigneurs, disait-il. Comporte-toi comme il sied à ton rang, ne va pas mendier l'amitié sans importance des gens de rien. »

C'était un homme étrange, peu aimable, et pourtant dévoué à la communauté jusqu'au sacrifice. Une énigme vivante pétrie de contradictions. Nath se rappelait encore avec quelle fascination il regardait Moor monter au troisième étage du donjon où avait été aménagé un gigantesque porte-voix s'ouvrant sur l'étendue de la plaine. Une fois installé là, Moor pouvait lire quinze ou vingt pages de citations sans prendre un moment de repos, et sa voix amplifiée cascadait de la tour sur la colline, s'envolait au loin sur la plaine. En bas, certains baissaient la tête.

Puis tout s'était fondu dans la monotonie de l'attente. Des années d'adolescence, Nath conservait le souvenir d'errances interminables à travers les ruines. Seule Sigrid lui témoignait de l'affection, mais elle n'était alors qu'une petite fille dont le babillage lui cassait les oreilles, et il ne lui avait guère accordé d'attention. Il le regrettait aujourd'hui. Il se rappelait avoir pris l'habitude de rêvasser dans une vieille cabine téléphonique à demi enlisée, à l'écart des maisons ; là, il restait immobile, l'esprit vide, bercé par les mots qui tombaient du porte-voix. Quelquefois, en compagnie de Sigrid, il allait voir les Rampants, à l'extrémité sud de la colline. Ils ne formaient déjà plus qu'un petit groupe à cette époque, et l'on parlait d'eux avec la moue ironique qu'on réserve d'habitude aux fous ou aux illuminés.

Les Rampants vivaient dans le plus complet dénuement, sans abris, dormant sous la pluie, à même le sol. Les femmes allaient sans vêtements ; elles avaient la peau crevassée par les gerçures et les cuisses creuses ; les hommes parlaient peu. Lorsque l'un d'eux était malade, on le portait à l'écart et on le laissait mourir sans jamais lui prodiguer le moindre soin.

Les Rampants haïssaient les grands oiseaux malhabiles d'Almoha et s'acharnaient à leur lancer des pierres. Parfois, ils réussissaient à les tuer. Chaque fois qu'un caillou bien ajusté faisait éclater la tête d'un volatile, ils se mettaient à chanter comme si le meurtre les libérait d'un poids déchirant. Ils détestaient tout ce qui venait du ciel.

– Ils maudissent ce qui échappe à la pesanteur, avait expliqué Moor, tout ce qui se déplace librement, tout ce qui vole. Pour eux, la pesanteur dont nous subissons en permanence les effets représente le prix à payer pour avoir détruit la planète. Dans leur esprit, il ne faut pas chercher à y échapper. Ce sont des fanatiques. Ils veulent s'adapter aux nouvelles conditions de vie, quel que soit le prix de cette adaptation.

Nath se secoua, luttant contre la marée de souvenirs qui le submergeait. Il ne portait pas sa cuirasse de pluie, et l'humidité régnant au cœur du donjon le fit frissonner.

Monter la garde ne s'était pas révélé aussi pénible qu'il l'avait tout d'abord imaginé. Une fois dans la tour, au rez-de-chaussée, il lui fallait gagner le troisième étage par une échelle d'acier ; cette épreuve lui faisait chaque fois serrer les dents. La pesanteur, sensible dès le dixième barreau, lui donnait l'impression que ses globes oculaires allaient éclater comme des grains de raisin qu'on presse entre le pouce et l'index. Il devait monter les yeux fermés en se récitant le premier chapitre du livre des Mises en garde. Quand il arrivait, en sueur, au troisième, les paumes écorchées par la rouille des échelons, il était à près de quinze mètres au-dessus de la colline. C'était beaucoup trop. Le sang commençait à lui couler des narines et ses pieds doublaient de volume. De gros réseaux de veines se dessinaient sur le dos de ses mains, prêts à éclater. Il se ratatinait sur le sol, sous une meurtrière. De là, il dominait la plaine. Alors, rassemblant ses forces, il commençait à réciter.

Cela faisait à présent dix jours qu'il secondait Ghun et, à vrai dire, ils ne s'étaient guère rencontrés. La nouvelle sentinelle se montrait, semblait-il, un guetteur consciencieux. Nath le voyait chaque matin descendre les quelques marches menant au sommet, les yeux rougis, les traits tirés par la fatigue, le visage meurtri par la pression et les rafales de pluie. Il ne parlait généralement pas, préférant se faire comprendre d'un geste ou d'une mimique. Sitôt son armure débouclée, il se jetait sur le lit et sombrait dans un profond sommeil. Nath montait s'installer devant l'embouchure du porte-voix et commençait sa lecture, gonflant ses poumons, faisant vibrer ses cordes vocales et articulant chaque mot à la perfection jusqu'à ce que l'irritation allume un incendie dans sa gorge. Alors il se précipitait sur le pichet rempli d'une décoction d'herbes calmantes, qu'il avalait à petites gorgées, comme son père le lui avait appris.

Il lisait les maximes sacrées trois heures durant. Sa voix s'envolait de la tour et tombait sur la cité.

Il lisait le rituel des Mises en garde.

« Garde-toi de ce qui vient du brouillard,
garde-toi de l'invisible,
garde-toi de la nuit,

garde-toi des plaines mouvantes,
garde-toi des nuages assassins... »

Il allait ensuite réveiller Ghun et celui-ci reprenait sa faction, les mains rivées à la pierre des créneaux, scrutant le ciel, la mince croûte boueuse de la plaine, toujours prête à se fendre, à s'ouvrir sous les pieds des chasseurs. Il guettait, suivant de son œil de rapace le vol lourd et lent des icebergs-nuages, jetant en notes brèves sur un parchemin le sens de leur déplacement et leur vitesse approximative. Nath devait ensuite reporter avec précision ces coordonnées sur les cartes empilées au hasard des étagères du second étage.

Un appel retentit soudain, étouffé par l'épaisseur de la muraille, un son de trompe, sourd et vibrant. Nath referma le livre et dévala l'escalier aux marches étroites et terriblement glissantes. En bas, il dut bander tous ses muscles pour manœuvrer le loquet fermant l'épaisse porte de bronze.

– Salut, Nath !

Un concert de voix salua son apparition. Toutefois, il n'y avait aucun enthousiasme dans ce salut débité en chœur d'un ton monocorde.

– Sers-toi ! dit l'homme maigre aux pommettes saillantes qui venait de déposer un panier de poissons au pied de l'escalier. Sers-toi ! Prélève l'impôt des sentinelles !

Nath se baissa. C'étaient des poissons mutants qui avaient dû s'adapter à la nage en fonds boueux, à la musculature monstrueuse, aux nageoires ossifiées. Bien sûr, ils étaient aveugles. Nath préleva deux parts. C'était la coutume. Comment auraient-ils fait pour manger ? Ghun, rivé à sa tourelle de guet, ne pouvait plus chasser, et lui-même passait ses journées et une partie de ses nuits à débiter sans relâche le rituel des Mises en garde.

Un murmure de désapprobation courut dans son dos, accompagnant son geste.

– Ils n'ont même pas faim ! chuchota distinctement quelqu'un. C'est simplement un moyen pour nous faire sentir leur puissance.

– Tais-toi ! coupa une autre voix. Le tribut est un rite. Que ferions-nous sans la sentinelle ?

Troublé, Nath releva la tête. Il n'eut sous les yeux qu'une ligne de visages sans expression.

Il prit encore quelques légumes fibreux et salua de la main. Personne ne lui répondit. La petite troupe s'éloigna en traînant les talons. Seule une mince silhouette resta au centre du réseau de craquelures sillonnant le béton du quai.

C'était Sigrid. Elle ne sourit pas lorsque Nath s'approcha d'elle.

– Je ne t'ai pas apporté de tribut, lâcha-t-elle sèchement. Mon père n'a rien capturé depuis quatre jours. Les sentinelles nous pardonneront-elles ?

Nath fronça les sourcils, stupéfait :

– Sigrid ! À quoi joues-tu ?

La jeune fille tourna la tête avec violence, ne lui offrant plus que son profil.

– Sigrid ! appela-t-il de nouveau.

Tout à coup, elle lui fit face. Ses yeux brillaient de fureur contenue.

– Nath ! siffla-t-elle, à force de vivre avec les Têtes-Plates, tu es devenu aussi stupide qu'eux !

Le jeune homme tenta de parler, mais Sigrid ne lui en laissa pas le temps.

– Tais-toi ! rugit-elle. Il y a une semaine, tu refusais de graver une tuile à ton nom, et aujourd'hui je te retrouve valet de Ghun. Tu n'as donc rien compris ? Et moi qui croyais…

– Sigrid, écoute…

– Non, dit-elle, butée. Toi, écoute : je t'attendrai ce soir aux rochers de la pointe sud. Je te montrerai quelque chose.

Déjà, elle avait tourné les talons. Nath, mal à l'aise, rentra le panier de poissons.

« Valet de Ghun. » L'insulte était plantée comme un coin de fer dans sa poitrine. Il se mordit les lèvres. La stupeur passée, la colère montait en lui. Furieux, il grimpa au second étage transcrire sur les cartes les dernières notes de Ghun : une troupe de lézards en migration à l'est, une averse probable au nord. Les plans mis à jour, il lui faudrait encore clamer les nouvelles par l'entremise du porte-voix. Le rendez-vous du soir lui semblait aussi loin que si une centaine d'années l'en avait séparé.

12

Sigrid portait son heaume de pluie, visière relevée. Le contraste entre le casque d'acier articulé et son mince visage inquiet émut étrangement Nath, qui chassa bien vite ce sentiment hors de sa conscience.

Ce coin de la colline surplombait une des rares parties de la plaine que la boue n'avait pas encore submergées. Pour cette raison, les grands lézards la fuyaient, malhabiles en terrain sec et préférant la moiteur des marécages, où il leur était facile de s'enfoncer pour fuir le harpon des chasseurs.

Brusquement, la jeune fille se coucha sur le ventre, la tête au bord du vide, invitant Nath à l'imiter.

– Ne parle pas à voix haute, murmura-t-elle. Le

vent souffle vers la plaine, et ils sont toujours aux aguets.

– Qui ça, « ils » ?

Pour toute réponse, Sigrid lui désigna la surface aride et craquelée qu'ils dominaient d'une trentaine de mètres. Une tente collective y avait été dressée, un chapiteau de cuir sombre et épais. On y avait cousu des plaques de métal récupérées dans les décombres. Les pluies en avaient fait des surfaces luisantes, bosselées.

– Qu'est-ce que c'est ? chuchota Nath, brusquement en alerte. Ça n'existait pas avant mon départ.

Sigrid hocha la tête, faisant cliqueter le ventail articulé de son casque.

– Exact. Tu te souviens de ce petit groupe de fous, les Rampants ? On se moquait d'eux. Ils cassaient la tête des oiseaux à coups de pierres…

– Oui, acquiesça Nath. Une poignée de dingues, pas plus d'une dizaine. Pourquoi ?

Sigrid eut une grimace.

– La folie est contagieuse, Nath, souffla-t-elle. Viens voir, mais fais attention, leur agressivité augmente chaque mois un peu plus. Si je t'ordonne de courir, n'hésite pas à obéir.

Ils se redressèrent. La jeune fille lui fit signe de la suivre le long d'un sentier caillouteux qui descendait en pente abrupte jusqu'à la plaine. Une fois en bas, Nath s'étonna de la sécheresse du sol. Soudain, il tressaillit. Des jeunes hommes reposaient sur le ventre, le visage dans la poussière. On avait posé sur leurs omoplates une plaque de bois sur laquelle s'entassaient de grosses pierres. Des dizaines de pavés arrachés aux anciens trottoirs. Nath voulut se porter à leur secours, mais la main de Sigrid l'arrêta dans son élan.

– Non, dit-elle, ne les touche pas. Ils s'imposent eux-mêmes ce traitement, pour s'endurcir… pour s'habituer à la pesanteur.

– Mais c'est affreux, protesta Nath.

– Ne les touche pas ! répéta la jeune fille. Si tu les libérais, ils seraient les premiers à te sauter à la gorge.

Certains adolescents étaient écrasés par un tas de cailloux qui les empêchait presque de respirer. Leurs visages étaient violets. L'un d'entre eux ne bougeait plus. Nath eut l'impression qu'il était mort.

– Chaque semaine, on double la charge, expliqua

Sigrid. Ceux qui ne meurent pas étouffés développent une musculature impressionnante.

Nath observa que les bras et les jambes des jeunes gens avaient pris un aspect torse et courtaud, comme les pattes des crocodiles.

– Ne traînons pas, murmura Sigrid. Approchons-nous de la tente.

Ils reprirent leur avance prudente, essayant de ne pas faire rouler les cailloux sous leurs semelles. Vu d'en bas, le chapiteau de cuir paraissait encore plus imposant. Les peaux révélaient les milles éraflures inscrites par les gouttes de pluie. Sans les plaques de blindage fixées sur la partie la plus exposée, la construction se serait effondrée à la première grosse averse, hachée par les rafales.

Un marmonnement sourd et inquiétant montait de l'intérieur. Sigrid s'approcha d'une déchirure qui faisait office d'entrée et jeta un bref coup d'œil.

– Regarde ! souffla-t-elle d'une voix presque inaudible.

Nath s'avança à son tour. À l'intérieur, il faisait très sombre, le cuir ne laissant pas filtrer la lumière. Progressivement ses yeux s'accoutumèrent à la pénombre, et il vit…

Il y avait bien là quatre ou cinq cents personnes. Uniquement des hommes, couchés sur le ventre, face contre terre, alignés les uns à côté des autres. On eût dit un champ de bataille jonché de victimes curieusement ordonnées. Cette masse de corps inertes fit monter en Nath un étrange malaise.

– Qu'est-ce que c'est ? ne put-il s'empêcher de balbutier.

Sigrid le tira à l'écart ; ses lèvres touchèrent l'oreille du jeune homme.

– Les Rampants, souffla-t-elle, ceux dont tu te moquais… Dix hier, cinq cents aujourd'hui. Peut-être mille demain ; tu commences à comprendre ? Ce n'est plus une poignée de dingues occupés à tuer les oiseaux. C'est maintenant une armée.

Nath ne comprenait pas vraiment le sens de la démonstration, mais une telle prolifération l'inquiétait.

– Viens, dit Sigrid en le tirant par le bras. Ne restons pas là, ils pourraient nous voir.

– Mais que font-ils ? s'entêta le jeune homme.

– Ils nous maudissent, martela Sigrid. Leurs idées n'ont pas changé. Ils offrent leur corps à la pesanteur, ils l'adorent. Ils en ont fait une divinité. Ils nous détestent parce que nous résistons, parce que nous nous tenons debout au lieu de ramper. Notre attitude est pour eux un véritable blasphème. De temps à autre, ils font un sacrifice humain. Ils tirent une victime à la courte paille et lui entassent sur les omoplates assez de cailloux pour faire éclater les os de sa cage thoracique. Tu devrais voir ça, c'est un sacré spectacle. Surtout quand on entend craquer les côtes du pauvre gars et que le sang lui jaillit par la bouche.

Elle tira violemment sur le bras du garçon. Celui-ci, déséquilibré, vint donner du coude dans la hanche de la jeune fille. Les deux armures émirent une plainte métallique qui vint rompre le bourdonnement des hommes couchés.

L'un d'eux releva la tête. Son visage était couvert par la poussière du sol, ainsi que ses cheveux et sa barbe.

– Regardez-les ! glapit-il. Les blasphémateurs ! Les marche-debout ! Ils nous narguent dans leur écorce de fer. Ils nous regardent de haut.

Et, fixant Nath dans les yeux, il hurla :

– Couche-toi, mécréant, couche-toi et rampe avec tes frères !

Nath devina qu'il ne devait pas céder à la panique. Feignant un aplomb qu'il était loin de ressentir, il salua le groupe d'une voix ferme.

– Pourquoi rampez-vous ? lança-t-il en parcourant du regard les cinq cents têtes dressées, toutes maculées de poussière.

– Pourquoi ? s'esclaffa celui qui semblait faire office de chef. Parce que l'homme doit vivre au contact de la terre. Parce que l'homme doit respecter les lois de la nature, et que la nature, justement, nous écrase de tout son poids. Il faut nous adapter. Dans trois siècles, seules les formes de vie rampantes auront survécu à l'aplatissement général. C'est la loi du marteau et de l'enclume. Tu auras disparu, toi, petit homme. Toi et les tiens, qui vous serez obstinés à garder une posture arrogante. Le poids de la nature – la pesanteur, comme vous dites – vous aura enfoncés dans le sol. Comme un marteau enfonce un clou… Un clou !

Tournant la tête vers ses compagnons de prière, il ajouta :

– D'ailleurs, ne ressemblent-ils pas à des clous dans leurs armures ?

Toute l'assemblée éclata d'un rire sauvage. Cette

hilarité grondante ne présageait rien de bon. Nath sentit les mains de Sigrid appuyer sur ses omoplates. Elle avait peur. Son souffle devenait haletant.

– Regarde ! hurla l'homme couché. Regarde l'image de ta fin prochaine !

Nath mit un moment à distinguer ce que lui désignait son interlocuteur. Il finit par apercevoir une sorte de plaque métallique où l'on avait malhabilement gravé l'image d'un maillet s'abattant sur un clou de charpentier.

– Vous avez détérioré la nature de cette planète pour l'adapter à vos besoins, continuait le prêcheur. Et ceci sans vous soucier une seule seconde des formes de vie que vous détruisiez. Et vous l'avez fait par goût du profit. Vous avez bouleversé un monde… Combien d'espèces ont disparu, incapables de s'adapter aux nouvelles conditions que vous leur imposiez ? Combien ? Vous ne le savez même pas. Personne ne le sait. Et maintenant la planète se rebelle parce que vous refusez de payer le prix de vos crimes.

Nath recula doucement. L'homme devenait véhément :

– Vous refusez de subir ce que vous avez jadis

fait subir aux autres ! Apprenez à payer ! Couchez-vous et rampez !

Il s'était dressé sur ses coudes et progressait par saccades. Nath put se rendre compte que ses mains et ses avant-bras déformés étaient recouverts de corne. Il se déplaçait comme un crocodile s'approchant d'une proie.

« Leur adaptation commence », songea-t-il en amorçant un demi-tour.

Déjà, toute la population de la tente se mettait en mouvement à la suite de son chef. Stupéfait, Nath vit une armée de têtes filer au ras du sol.

– Attrapez-les ! ordonna le chef des Rampants. Couchez-les sur le sol, il faut leur entasser des pierres sur le dos ! Trente pierres pour la fille, soixante pour le garçon ! Allez !

Des mains frôlèrent les chevilles de Sigrid. La jeune fille poussa un cri strident et se rattrapa aux épaules de son compagnon.

– Cours ! hurla Nath.

Ils s'élancèrent, maladroits, soulevant des nuages de poussière jaune. Leurs cuirasses se révélaient affreusement embarrassantes, la pesanteur ralentissait leur fuite. Derrière eux, les Rampants se déplaçaient avec une vélocité surprenante... comme des lézards à tête humaine.

– Plus vite ! haleta Nath.

Sigrid s'accrochait à son bras, aveuglée par la visière de son casque de pluie qui s'était rabattue.

– Il faut les aplatir ! hurla la voix du maître des conjurés dans le dos des jeunes gens. Je veux entendre leurs côtes craquer. Je veux les voir cracher leurs poumons !

Nath sentit des ongles sur ses mollets ; des pierres ricochèrent sur ses omoplates. Soudain, il réalisa que Sigrid n'était plus à son côté. Des bras se nouant autour des chevilles de la jeune fille venaient de la faire tomber. Elle luttait vaillamment au milieu d'un fouillis de mains, rendant coup pour coup.

Au moment où Nath s'élançait pour lui venir en aide, elle se dégagea et reprit sa course. Ils réussirent enfin à semer leurs poursuivants qui, lassés, refluèrent vers la tente de cuir. Sigrid se laissa tomber sur les genoux dès qu'ils eurent atteint les premiers contreforts de la colline. Elle haletait. Nath dégagea sa tête du casque. Un hématome marquait la pommette de la jeune fille.

– Alors ? balbutia-t-elle. Tu as vu ?

Nath haussa les épaules :

– Leurs idées ne sont pas toutes sans fondement.

– Je sais, mais leurs conclusions sont moins réjouissantes. Ils convertissent de plus en plus de gens, tu sais ? Et ils ont des sympathisants puissants qui les servent au cœur même de la ville. Des espions, si tu préfères, prêts à leur obéir quand le moment sera venu.

Le jeune homme s'effondra sur le sol. La cuirasse collait ses vêtements poisseux sur son corps. Il mourait de soif.

– Tu crois sincèrement qu'ils constituent une menace pour la ville ?

Sigrid secoua la tête avec fureur :

– Nath ! Est-ce que ta femme Tête-Plate t'a communiqué le virus de la bêtise ? Tu as vu ce qu'ils font à leurs enfants ?

Nath leva les mains en signe d'apaisement.

– Je sais. Je sais aussi que pas mal de choses ont changé depuis mon départ. Mais les Rampants n'ont pas tout à fait tort. Notre responsabilité dans le bouleversement de cette planète a été énorme, au point qu'on pourrait parler de saccage, de vandalisme. Tu le sais aussi bien que moi.

– Arrête ! cria la jeune fille. Écoute-toi ! Tu radotes comme ton père le faisait lorsqu'il était sentinelle ! Il y a d'autres solutions que celle de ramper pour expier à jamais une faute passée. Si leur influence grandit, les Rampants finiront par faire de cette colline un bagne dont personne ne pourra plus s'éloigner. Nous serons tous condamnés à payer le prix du châtiment. Il faudrait au contraire aller plus loin, explorer… Peut-être y a-t-il une terre plus accueillante quelque part ?

Des larmes perlaient au coin de ses yeux.

– Il ne faut pas s'affoler, fit Nath, apaisant. Je ne crois pas que la puissance des Rampants puisse constituer un jour un danger. Quant à l'exploration, tu sais bien que la plaine de boue recouvre toute la planète !

– Je sais, sentinelle ! cracha la jeune fille. Je sais ce que disent tes sales bouquins. Eh bien, mange-les ! Je souhaite seulement qu'ils t'étouffent ! Au moins je n'entendrais plus ta fichue voix dégouliner de la tour toute la journée !

Avant que le jeune homme ait eu le temps de

réagir, elle avait tourné les talons. Nath prit le chemin du donjon. Les rues de la ville étaient vides, silencieuses. Il pressa le pas. Au troisième étage de la tour, Ghun dormait, affalé en travers du lit. Au moment où le jeune homme s'apprêtait à le secouer, quelque chose attira son attention. C'était, dans l'entrebâillement de la tunique, l'éclat jeté par une minuscule médaille d'acier terni où une figure semblait avoir été gravée. Nath s'agenouilla avec précaution, plissant les paupières. Le dessin était malhabile, pourtant on pouvait identifier ce qu'il représentait : un marteau s'abattant sur un clou ! Nath se redressa d'un bond, comme si un insecte venimeux venait de le piquer. Ghun était un Rampant…

13

Le poison de la méfiance s'était répandu dans l'esprit de Nath ; à partir de ce jour, il ne put s'empêcher de considérer Ghun avec suspicion. Les rapports entre eux n'avaient d'ailleurs aucunement évolué depuis leur rencontre. Ils se côtoyaient en silence, mangeaient chacun le nez dans son écuelle, communiquant le plus souvent à l'aide de mimiques. Jamais l'ombre d'une conversation n'avait été ébauchée au cours des dernières semaines. Le mutisme de la sentinelle pouvait, bien sûr, être porté au crédit de son infirmité, pourtant une telle hypothèse ne satisfaisait pas entièrement le jeune homme. Il aurait voulu susciter une explication. D'autre part, les craintes manifestées par Sigrid ne lui paraissaient pas reposer sur des bases solides ; et il craignait à vrai dire d'avoir l'air ridicule. Au demeurant, Ghun pouvait fort bien sympathiser avec les Rampants sans constituer pour autant une menace pour la ville. Nath lui-même était le premier à reconnaître le bien-fondé des accusations portées par les membres de l'étrange secte. Cette situation en porte à faux faisait naître en lui une sensation de malaise. Il fallait en avoir le cœur net ; mais comment ?

Ghun ne se ménageait en aucune manière. Dès son réveil, Nath le voyait gravir l'échelle de fer menant à la plate-forme supérieure de la tour ; il ne redescendait le plus souvent que pour baigner ses yeux rougis par les nappes de gaz stagnants auxquelles on se heurtait dès qu'on s'élevait de quelques mètres au-dessus du sol. Nath devait préparer à cet effet tout un assortiment de compresses calmantes dont la composition se trouvait inscrite dans le livre des Mises en garde. Avec le temps, Ghun se révélait un guetteur de qualité, et ses informations, rigoureusement exactes, permettaient aux chasseurs d'augmenter de façon fort appréciable le volume des prises. Plus d'une fois, sa vue acérée déjoua les ruses des lézards qui depuis peu avaient pris la détestable habitude de changer chaque nuit de tanière, laissant leurs poursuivants totalement désemparés. Au cours des dernières vingt-quatre heures, il avait annoncé avec beaucoup de justesse la formation de deux failles dont la progression semblait menacer le bivouac d'un groupe de pêcheurs campant sous des tentes de cuir. Oui, on s'accordait à le dire : Ghun était une bonne sentinelle. Cet homme robuste ne craignait pas de payer de sa personne. Un guetteur au regard d'aigle capable de déceler du haut de sa tour ce qui échappait aux habitants de la colline.

Nath oubliait déjà ses soupçons quand se produisit un incident pour le moins étrange.

Le jeune homme se trouvait occupé au second étage quand Ghun apparut en haut de l'escalier. Comme à son habitude, il tenait à la main un rouleau de parchemin sur lequel il venait de griffonner ses premières observations de la journée. Sans un mot, il jeta le relevé sur la table et tourna les talons. L'instant d'après, il avait regagné les créneaux, toujours silencieux, seulement accompagné dans sa marche par le cliquetis de son armure ou le froissement de sa cape verte.

Au moment où Nath, dévidant le rouleau de peau, s'apprêtait à en entamer la lecture face au porte-voix, il s'aperçut qu'une ligne en demeurait incompréhensible. Ne sachant pas écrire, Ghun, en effet, usait la plupart du temps de symboles pour traduire sa pensée. Ainsi, un lézard devenait un petit triangle ; une faille, une ligne brisée ; un orage prochain, une série de hachures verticales. Jusqu'à présent, Nath s'était fort bien accommodé de cet alphabet rudimentaire. Aujourd'hui, un double pointillé en travers du manuscrit lui parut incompréhensible. Il se leva et gravit les échelons menant au sommet avec l'intention de demander des éclaircissements. Une étrange mélopée le figea, la main sur la poignée de la porte basse. C'était un bourdonnement bizarre qui réveilla quelque chose dans sa mémoire. Prudemment, gêné d'espionner ainsi la sentinelle, il fit pivoter le battant de quelques centimètres. Ghun était là, couché de tout son long, face contre terre, bras étendus dans l'attitude de prière des Rampants. Une curieuse psalmodie montait de ses lèvres. Nath se rappela soudain le ronronnement résonnant dans la tente de cuir que Sigrid lui avait fait découvrir peu de temps auparavant.

À cet instant, se sentant épié, le guetteur se redressa sur ses avant-bras. Le regard qu'il jeta au jeune homme était rempli de haine.

À partir de ce jour, Ghun prit l'habitude de verrouiller la porte basse chaque fois qu'il montait aux créneaux. Jamais il ne fit la moindre remarque ; or, il aurait pu se retrancher derrière l'excuse d'un malaise. Il se contenta d'ignorer le jeune homme encore plus que par le passé. Un fait, toutefois, vint balayer les derniers lambeaux de doute planant dans l'esprit de Nath : la découverte sur les avant-bras du guetteur – alors que celui-ci était occupé à se laver les mains dans la cuvette disposée au rez-de-chaussée – de plaques de cal semblables à celles qu'il avait pu remarquer sur les membres des rampants. Ghun n'était pas qu'un sympathisant, et sa pratique du rite semblait, si l'on en jugeait par les traces qu'il portait sur le corps, fort ancienne. Partant de là, il était facile d'imaginer en Ghun un comploteur travesti détaché par sa congrégation pour une obscure mission en ville. C'est ce que n'aurait pas manqué de dire Sigrid. Quant à lui, Nath voulait se garder des jugements prématurés. Sigrid ne voyait-elle pas tout en noir ? Jusqu'à présent, la sentinelle n'avait pas porté préjudice à la ville, il était dès lors intolérable de la considérer comme un criminel.

Un matin que Nath préparait les compresses et les infusions calmantes comme à l'accoutumée, Ghun prit la parole :

– Nath, murmura-t-il, tu sais, mes yeux me donnent du souci. Les gaz des marais brûlent ma rétine. Parfois, au réveil, je reste une heure, même deux, avant de distinguer autre chose qu'un rideau de brume derrière lequel semblent s'agiter des ombres. Tout d'abord, je n'ai pas osé t'en parler ; maintenant, j'ai besoin de toi. Veux-tu m'aider ?

Le jeune homme n'eut pas une seconde d'hésitation. Il connaissait bien l'irritation provoquée par les exhalaisons de la boue, son père en ayant maintes fois souffert lors de son séjour au donjon.

– Je ferai tout ce que je pourrai, Ghun ! Malheureusement, nous manquons d'herbes médicinales. Elles ne poussent plus sur la colline. C'est à cause de l'urine des lézards qui stérilise le sol.

Le guetteur esquissa un geste de la main :

– Il ne s'agit pas de potion. Je n'y crois guère. Mais je me dois à la colline. Il y a, quelque part sur la plaine, au nord du petit village de Ghan-Taar, un igloo accroché à la crête d'une vague. C'est l'un de mes repaires de chasse. Pourrais-tu y courir et me rapporter un étui vert, une sorte de boîte de métal assez haute que tu trouveras dans un coffre de fer ? Ce sont des jumelles marines, très puissantes, comme on n'en trouve plus à présent. Avec elles, je me sentirai mieux armé pour affronter le brouillard.

Nath plissa le front :

– Mais qui fera les annonces au porte-voix pendant mon absence ?

Ghun balaya l'objection d'un revers de main :

– J'ai bien regardé le ciel, les vingt-quatre heures qui viennent seront d'une parfaite monotonie. Rien à craindre.

– D'accord, j'irai, conclut Nath.

Il passa l'heure qui suivit à déterminer avec exactitude la position de l'igloo sur une carte récente, puis à rouler dans de grandes feuilles de papier huilé les vivres dont il aurait besoin au cours du trajet. Plusieurs fois, il sortit sur le pas de la porte, guettant la silhouette de Sigrid à travers le labyrinthe des rues. En vain ; la jeune fille semblait s'être volatilisée. « Peut-être est-elle partie avec son père voler de la terre dans une île des alentours ? » pensa-t-il. Cette hypothèse aviva ses inquiétudes.

Dans la soirée, il fit ses adieux à la sentinelle. Dans son sac il emportait du poisson séché, des galettes de farine d'algues ainsi qu'une calebasse de légumes cuits et un piolet.

Il marchait d'un bon pas, faisant craquer la boue séchée sous ses semelles. Déjà, dans son dos, les innombrables lignes parallèles des vagues durcies, avaient peu à peu estompé la ville. La mauvaise luminosité du ciel ne permettait guère de détailler le paysage ; au bout d'une vingtaine de mètres, le regard se noyait dans une grisaille faisant de chaque chose une masse informe. Il fallait avancer en aveugle, le nez sur la boussole.

Nath marchait. Il se sentait bien, ses muscles jouaient en souplesse, ses articulations répondaient à merveille aux sollicitations du terrain. Tout compte fait, il était heureux de cette petite escapade qui venait secouer la routine de la tour.

14

Autour de lui, la brume se solidifiait. D'abord gazeuse, elle se changeait lentement en un rideau calcaire dont il devait casser les volutes à coups de poing pour continuer à progresser. Chaque fois qu'il frappait, des pans entiers de brouillard durci s'effondraient dans un bruit de vitre brisée, et des éclats de toutes tailles rebondissaient sur sa tête et ses épaules. Par bonheur, la vitrification gazeuse n'était pas assez avancée pour qu'il courût le risque d'être blessé, et les tessons de brouillard s'émiettaient sous ses semelles en craquant. Nath savait qu'il ne devait surtout pas s'arrêter. S'il avait commis l'erreur de rester immobile, la brume se serait aussitôt déposée sur ses épaules, l'enveloppant d'une carapace calcaire qui n'aurait cessé de s'épaissir au fil des heures. Tous ceux qui campaient sur la plaine connaissaient parfaitement ce phénomène. Quand on dormait sous la tente, il fallait toujours conserver un piolet à portée de la main. Sans cette précaution, on risquait fort de se réveiller emmuré, la brume ayant mis la nuit à profit pour se solidifier autour de l'abri de toile dont on ne pouvait plus sortir, dès lors, qu'en s'ouvrant un passage à coups de pic. Bien des imprudents étaient morts de cette manière, pour s'être étendus à même le sol, roulés dans un sac de couchage. La brume les avait emprisonnés dans son sarcophage vitreux, ne leur laissant plus que la possibilité de hurler de terreur jusqu'à ce que leurs dernières forces les quittent… Nath avait appris à se méfier de tout ce qui s'apparentait de près ou de loin à de la vapeur d'eau en suspension dans l'atmosphère. Sur Almoha, brume ou brouillard pouvaient se solidifier en quelques minutes et prendre la consistance d'un mur de brique. Malheur à celui qui n'avait su prévoir le danger !

Le garçon avançait rapidement, désireux de sortir le plus vite possible de la nappe blanchâtre qui l'oppressait. Maintenant, il frappait des deux poings, se frayant un chemin au milieu des concrétions encore fragiles. Il avait l'impression d'émietter de minces parois de plâtre. La poussière le faisait tousser.

Il finit par découvrir l'igloo de la sentinelle. C'était une cloque brune renforcée de pierres, et qui ressemblait à la carapace d'une tortue. Il s'agenouilla pour jeter un coup d'œil prudent par l'ouverture, car les lézards n'hésitaient pas à s'approprier les abris abandonnés. À tout hasard, il jeta un caillou dans l'orifice, puis s'arma de son piolet.

Mais l'igloo était vide. Il ne contenait ni coffre ni jumelles. Un tas d'excréments semblait indiquer qu'il avait été, pendant un moment, occupé par des Têtes-Plates. Leur tribu avait l'habitude de conserver les crottes pour alimenter les feux de camp. Malgré tous ses efforts, Nath n'avait jamais réussi à débarrasser Nioucha de cette déplorable habitude.

Le jeune homme hésita. Où était passé le coffre dont avait parlé Ghun ? Et les jumelles ? Quelqu'un les avait manifestement emportés malgré la loi non écrite qui interdisait aux chasseurs de voler quoi que ce soit dans le refuge d'un collègue. Comment Ghun accueillerait-il la nouvelle ?

Tout à coup, il perçut dans le lointain ces grognements gutturaux par lesquels les Têtes-Plates avaient l'habitude de communiquer. C'étaient donc bien eux qui avaient dérobé les affaires de Ghun ! Rien d'étonnant à cela : les Têtes-Plates étaient des voleurs-nés. Nath gardait un souvenir cuisant des ennuis que lui avait attirés Nioucha chaque fois qu'ils étaient allés vendre de la viande séchée et des peaux de lézards au comptoir central de Shaka-Kandarec. Dès qu'elle entrait dans un magasin, la jeune femme ne pouvait s'empêcher de voler sur les étalages. Ses mains puisaient à droite et à gauche, se refermant sur les objets exposés. Elle entassait le fruit de ses larcins dans les poches de la robe que Nath la forçait à passer pour la circonstance. Elle dérobait n'importe quoi, des babioles dont elle n'aurait su que faire : des crayons, un miroir, des livres… Ces vols, qu'elle effectuait sans même penser à se cacher, déclenchaient des esclandres qui, plus d'une fois, faillirent se transformer en lynchage.

Nath s'éloigna de l'igloo. La brume en formation craquait sous ses semelles. Elle se solidifiait bizarrement dans l'air, dessinant des figures qui évoquaient de grandes fleurs de givre. Le jeune homme les abattait d'un revers de bras, provoquant des effondrements poussiéreux à l'odeur de salpêtre. Tout en avançant, il songeait à ce que Neb Orn lui avait raconté au sujet de la ceinture équatoriale : cette muraille de brouillard solidifié qui coupait la planète en deux. Il aurait aimé pouvoir contempler ce rempart colossal, le toucher, l'escalader peut-être ? Non, c'était idiot. Personne ne pouvait s'élever à plus de vingt mètres au-dessus du sol sans mourir aussitôt, la cervelle broyée par la pression. L'alpinisme n'était pas une discipline sportive inscrite au programme d'Almoha.

Il s'embusqua derrière le bourrelet d'une vague durcie. Un troupeau de Têtes-Plates s'agitait devant lui. Les hommes et les femmes allaient nus, crottés, se bousculant et s'interpellant avec des cris rauques. Ils communiquaient par gestes ou mimiques rudimentaires, le visage boudeur, courroucés de ne pas réussir à se faire entendre. Il y avait peu d'enfants, et pas davantage de mâles dans les clans ; ceux-ci étaient d'ailleurs toujours maigres ou excessivement craintifs. Nath avait pu constater qu'ils avaient une fâcheuse tendance à la paresse, mais ce défaut venait peut-être de leur incapacité à comprendre le monde qui les entourait. Les « troupeaux » semblaient le plus souvent commandés par les femelles les plus âgées, et il n'était pas rare de voir celles-ci rudoyer leurs compagnons pour les contraindre à sortir de leur stupeur permanente.

Nath hésitait à bouger. Il était à peu près certain que les jumelles de Ghun se trouvaient là-bas, au cou de l'une des mutantes, qui devait l'arborer comme un collier sans jamais avoir pensé à regarder dedans. Il ne courrait pas de grand risque en tentant de les récupérer, car les Têtes-Pates n'étaient pas belliqueux. Quand on les agressait, ils se contentaient de rester figés, paralysés par la terreur. Les moins bêtes s'enfuyaient en piaillant comme des singes. Jamais ils ne se rebellaient. C'était une race de victimes que tout le monde méprisait.

Nath se décida à sortir de sa cachette. Des igloos mal modelés cloquaient la plaine. Des cahutes de torchis dans lesquelles on ne pouvait guère s'introduire qu'en rampant. C'était là tout ce que les Têtes-Plates étaient capables de construire en matière de maison. Ils se tassaient là-dedans et colmataient l'ouverture avec des ballots de brindilles pour en interdire l'accès aux lézards en maraude. Les sauriens s'acharnaient sur eux ; il ne leur avait pas fallu longtemps pour comprendre qu'ils avaient affaire à une peuplade sans défense, à la chair plutôt tendre.

Nath pressa le pas. Il avait décidé d'entrer dans le troupeau, de localiser le porteur de jumelles et de récupérer la propriété de Ghun sans même ouvrir la bouche. Il comptait sur l'effet de surprise pour agir avant que la horde ne s'éparpille. Les Têtes-Plates avaient, en effet, une forte tendance à la stupeur. Leur cerveau amoindri par la pression analysait les changements de situation avec une grande lenteur, ce qui faisait d'eux une cible facile pour n'importe quel prédateur moyennement doué.

Au moment où il allait s'élancer, le garçon s'immobilisa. Son pied venait de toucher un cadavre. C'était celui d'une jeune femelle. Elle était couchée sur le dos, les yeux grands ouverts, on lui avait fendu la tête d'un coup de sabre. Nath crispa les poings. D'autres corps gisaient entre les igloos. Tous avaient été pareillement scalpés. Le haut de la tête avait été arraché avec les cheveux.

« Des chasseurs de mutants », diagnostiqua-t-il aussitôt. À deux ou trois reprises – du temps où il se rendait encore au comptoir général –, il avait eu l'occasion de croiser une bande de chasseurs de Têtes-Plates. Des canailles qui détestaient les « sauvages » et se faisaient un devoir de les exterminer sous prétexte qu'il s'agissait d'une race infâme, peu digne de vivre.

Nath se redressa zigzaguant entre les corps. Ainsi, le troupeau avait été victime d'un raid de chasseurs. Les plus malins avaient pris la fuite ; à présent ils devaient piétiner aux abords du village, hésitant à rentrer chez eux. Que feraient-ils de leurs morts ? Sans doute, les mangeraient-ils…

Nath avait souvent entendu dire qu'ils étaient cannibales, sans jamais avoir relevé cependant le moindre indice de cette pratique chez Nioucha. S'agissait-il, une fois de plus, d'une calomnie ?

Des silhouettes s'agitaient au milieu des concrétions de brume. Ici, le brouillard s'épaississait, ses volutes devenaient plus difficiles à casser. Nath dut utiliser le piolet pour se frayer un passage.

Il déboucha enfin à découvert et s'immobilisa, interdit. Le troupeau était rassemblé sous un petit nuage qui flottait à une dizaine de mètres au-dessus du sol. À l'aide d'une longue échelle branlante récupérée dans les ruines, hommes et femmes étaient occupés à se hisser un à un au sommet de la nuée, comme on embarque dans un avion.

Nath fut tenté de leur crier qu'ils étaient fous, que la pesanteur allait leur écraser la cervelle et qu'ils seraient tous morts avant une semaine, mais les mots restèrent coincés dans sa gorge. Qu'en savait-il, après tout ? Les humains ne pouvaient pas vivre au sommet d'un nuage, mais les Têtes-Plates ? Qu'en était-il des Têtes-Plates ?

Un mâle prit conscience de la présence de l'intrus et commença à se dandiner d'un pied sur l'autre, mimique qui trahissait chez lui un intense travail de réflexion. Nath rangea son piolet et se contraignit à sourire. Pour prouver qu'il n'avait aucune mauvaise intention, il s'assit et croisa les bras. Cette posture parut rassurer les mutants. Plusieurs femmes tournèrent la tête dans sa direction et se mirent à renifler. Elles étaient couvertes de la tête aux pieds d'une épaisse couche de boue ; cette pellicule verte qui craquelait sur leur corps leur donnait l'apparence de statues vivantes. Elles grognèrent. Les mâles grondèrent, mécontents, mais ne firent aucun geste pour contraindre Nath à s'éloigner. Ils étaient tous beaucoup plus petits que les femmes, plus maigres aussi.

Une matrone paraissait commander le troupeau, elle administrait des claques sur le postérieur de ceux qui hésitaient pour les forcer à escalader l'échelle.

Nath était ébahi. Jamais il n'aurait pensé que les Têtes-Plates auraient assez de présence d'esprit pour imaginer de s'enfuir à bord d'un nuage. C'était la première fois qu'il les voyait adopter un comportement aussi élaboré. Il en fut bouleversé. Le raid les avait à ce point terrifiés qu'ils avaient décidé de se mettre hors de portée des chasseurs de scalps, c'était compréhensible... Mais l'échelle ? L'échelle supposait une préméditation... Un plan ourdi à l'avance, un projet...

Il n'eut pas le loisir d'y réfléchir davantage, car la matrone se détacha du groupe et s'avança vers lui. Elle paraissait être la plus vieille ; cependant Nath n'aurait su lui donner un âge. On n'avait aucune idée de la longévité des Têtes-Plates. Certains prétendaient qu'ils mouraient avant d'avoir atteint leur trentième année, d'autres, au contraire, soutenaient qu'ils restaient indéfiniment jeunes, et que c'était pour cette raison qu'ils se reproduisaient si peu.

La matrone renifla à son tour, et Nath se demanda si elle n'était pas en train de détecter sur lui les effluves de Nioucha. On racontait que tout homme ayant vécu avec une Tête-Plate portait à jamais sur sa peau l'odeur de sa femelle, et qu'aucun bain ne pouvait effacer ce parfum. Il ne savait pas si c'était vrai, mais cela pouvait expliquer l'absence de crainte des Têtes-Plates lorsqu'il était sorti du brouillard, un instant plus tôt. Si à aucun moment ils n'avaient vu en lui un chasseur, c'est parce qu'ils avaient su d'emblée qu'il avait vécu deux années entières avec l'une des leurs.

La matrone désigna le ciel et émit un grognement. Puis elle pointa l'index sur Nath, et lui fit signe de grimper sur le nuage.

– Je ne peux pas, dit Nath en secouant la tête, je ne survivrais pas là-haut… Vous peut-être, mais pas moi.

La grosse femme insistait. Nath comprit vaguement qu'elle semblait redouter la venue d'une tempête. C'était idiot, Ghun avait prédit que le temps resterait au beau fixe.

Comme il ne se décidait pas, la femme rota pour manifester sa désapprobation et rejoignit le groupe.

Nath les regarda embarquer. Lorsque le dernier se fut hissé au sommet du nuage, ils remontèrent l'échelle et demeurèrent assis au bord du vide, les jambes pendantes, fixant l'horizon d'un œil vidé de toute expression.

Nath leva la main pour leur dire au revoir. Ils ne répondirent pas. Ils étaient tous très calmes, attendant que le vent se lève et que le nuage se mette à dériver, ce qui ne tarda pas à se produire. Nath les vit s'éloigner à travers la brume dont les concrétions s'émiettaient avec un bruit cristallin.

Avaient-ils une chance de survivre aux méfaits de la pesanteur, ou bien seraient-ils tous morts d'ici une semaine ?

Il s'avoua dans l'incapacité de répondre.

Il décida de se remettre en marche. Il était très ennuyé de n'avoir pu récupérer les jumelles de Ghun. Il haussa les épaules et reprit sa promenade.

La tempête le surprit au beau milieu de la plaine.

15

Pendant une minute, il se crut perdu, et c'est par miracle qu'il parvint à trouver refuge dans le hall d'un immeuble planté de guingois au milieu de la banquise de boue séchée. Un immeuble abandonné, promis à l'engloutissement. Au rez-de-chaussée, des carcasses de vieilles barques achevaient de pourrir. Nath les passa rapidement en revue. L'une d'elles lui sembla réparable. Il décida sans attendre de la rafistoler avec les moyens du bord. Ainsi il disposerait d'une planche de salut quand la maison commencerait à sombrer.

Il travailla d'arrache-pied. Enfin, avec un soupir de soulagement, il posa la pierre lui servant de marteau et tâta le bois de la coque. Les planches semblaient en bon état. Il avait consolidé quelques points vulnérables et cloué sous la quille un grand filet trouvé dans un recoin du bâtiment. La prudence lui conseillait de ne pas s'attarder. En effet, dès que la tempête avait crevé la croûte de boue, il avait senti à de menus frémissements que l'habitation, privée de bases solides, dérivait, puis s'enfonçait. Il avait eu l'idée de glisser des bouées sous les mailles du filet de chaque côté de la barque. À présent, l'assemblage semblait tenir le coup. La chaleur était tombée, un vent terrible s'engouffrait dans le hall par la porte béante. Nath s'essuya le front et regarda dehors en écartant le rideau jauni de l'unique fenêtre éclairant la loge des concierges.

La tempête faisait rage.

Une vague énorme s'abattit sur la banquise comme une monstrueuse gifle. Le jeune homme la vit courir sur le sable, rouler le long du rivage. Une longue crête d'écume lui faisait une échine de saurien. Elle éclata sur le débarcadère, et des planches volèrent dans les éclaboussures. Déjà, elle s'était reformée, happait quelques cheminées et disparaissait dans l'obscurité. Nath recula. Une autre vague laboura la façade, arrachant les rares volets encore en place. Brusquement, un oiseau fracassa la fenêtre et passa en hurlant dans un grand bruit de plumes pour aller se perdre dans le tunnel vertical de la cage d'escalier.

Quelques secondes plus tard, un nuage de gravillons s'abattait en crépitant, fusillant les dernières vitres du bâtiment. Nath vérifia encore une fois la solidité du filet et l'amarrage des bouées. Tout semblait tenir ; le canot ne pouvait pas couler. Sur cette pensée rassurante, il commença à pousser la barque sur le carrelage en damier du hall, sous la rangée des boîtes aux lettres. Ses pieds s'enfonçaient dans la boue affluant de l'extérieur et dérapaient. Il fallait faire vite. Une nouvelle vague se ruait vers la porte, dont les battants de bois avaient été emportés quelques instants auparavant. Nath sauta dans le canot, agrippa le banc de nage et ferma les yeux. En une seconde, il fut trempé. Il y eut une violente secousse quand l'embarcation s'arracha de la maison. Venu on ne sait d'où, un gros réveil s'écrasa sur la poitrine du garçon. Il suffoqua. Tout autour de lui, les flots charriaient un butin hétéroclite : buffets, pianos, livres... Éventrée, l'habitation se vidait.

Quand Nath ouvrit les yeux, la barque filait sur la

crête d'une vague qui semblait ne devoir jamais cesser de monter.

Il eut l'illusion d'être dans la nacelle de ces manèges qui vous arrachent du sol et vous propulsent vers le ciel. Puis, brutalement, ce fut la chute. Le canot piqua dans le creux noir de la vague, plusieurs mètres en dessous. L'estomac de Nath se décrocha et le jeune homme vomit dans l'écume qui le recouvrait. Le choc le rejeta en arrière contre les bouées. Toute la barque craquait. Il saisit le filet et y crocha les doigts de toutes ses forces. Il se rendit compte que les rames avaient été balayées. L'embarcation fonçait déjà vers la crête suivante à une vitesse terrifiante. Nath vit l'écume s'effacer sous la coque, et comprit qu'il allait retomber de plus haut encore.

Un oiseau en folie le frappa au front. Il se sentit perdre conscience et pensa que c'était peut-être la meilleure façon de mourir. Les parois liquides se refermèrent sur lui, lui coupant la respiration. Il crut qu'il était en train d'étouffer quand l'avant du canot troua la vase, remontant à la surface.

Sans les bouées, la barque aurait coulé dix fois en cinq minutes. Tout était noir autour de Nath ; à présent il ne distinguait plus le ciel de la boue fluide. La barque sautait de crête en crête depuis un temps incalculable.

Le jeune homme ferma les yeux au moment où l'embarcation se retournait. La vase lui emplit les poumons. Des lueurs rouges éclatèrent sous ses paupières. Il se préparait à rendre l'âme quand il retrouva l'air libre. Ses vertèbres craquaient sous les coups de boutoir ; il se demanda si les vagues le chassaient vers le large ou le rabattaient vers l'immeuble. Qu'avait dit Ghun juste avant son départ ? « Rien à craindre, les vingt-quatre heures qui viennent seront d'une parfaite monotonie… »

Pendant que la barque piquait du nez dans la muraille liquide, il devina plus qu'il ne vit la bouée métallique au-dessous de lui. Elle dansait sur l'eau boueuse comme un obus flottant, couronnée de la lueur sanglante de son feu de signalisation. Le canot la percuta de plein fouet. Nath distingua vaguement les planches de la coque qui s'envolaient au ralenti. Les pneumatiques éclatèrent sans qu'il puisse les entendre. Il fut arraché au filet et jeté sur le métal couvert de minuscules coquillages coupants. Ses doigts engourdis glissèrent sur l'acier, et il coula avec le goût de la vase et du sang dans la bouche. Instinctivement, il essaya de se cramponner à quelque chose…

Il perdit connaissance.

16

Nath avait la curieuse impression que la peau de son crâne ne cessait de s'amincir tel le caoutchouc d'un pneu qu'on est en train de gonfler. « Pourvu qu'aucun oiseau ne me donne un coup de bec ! » pensa-t-il stupidement. Il fut tenté de lever la main pour vérifier que les os de sa boîte crânienne étaient bien en place, mais il retomba dans l'inconscience avant d'avoir pu seulement ébaucher un geste.

C'était comme si un marteau-pilon cherchait à l'enfoncer dans le sable, lui écrasant les omoplates à intervalles réguliers. Il comprit enfin qu'il se trouvait au rez-de-chaussée de l'immeuble. Les vagues l'avaient ramené à son point de départ. La boue emplissait à présent la loge du concierge et clapotait sur les premières marches de l'escalier desservant les étages. Nath vit qu'il s'était changé en une sorte de pantin de tourbe. Sa peau, ses mains disparaissaient sous la glaise. Il avait perdu son armure de pluie et une grande partie de ses vêtements. Dans un bruit de succion il s'arracha du cloaque et se rua sur les marches de marbre émergeant de la vase. Ses pieds nus dérapèrent sur la pierre lisse, et il dut se cramponner à la rampe branlante pour ne pas basculer en arrière. Il continua son escalade, veillant à se déplacer sur le tapis rouge courant de marche en marche ; cependant, l'étoffe rongée par les ans s'effritait à chaque pas, se muant en une poussière brune que les courants d'air dispersaient aussitôt.

À présent, l'immeuble tanguait comme un étrange navire vertical. Sous le ballottement des vagues, les portes des appartement s'ouvraient et se fermaient en cadence, vomissant de palier en palier un invraisemblable torrent d'objets : cafetières, téléviseurs… Nath montait. Il savait que, peu à peu, le niveau de la boue monterait aussi, empruntant le même chemin, aspirant l'immeuble. Parfois un appartement grand ouvert lui offrait la vision irréelle d'un piano basculant par-dessus la rambarde d'un balcon dans un éparpillement de touches d'ivoire.

Hors d'haleine, les poumons sifflant sous l'effort, il atteignit un étroit couloir au plafond en soupente. Il était arrivé au dernier étage.

Sur la droite, six portes d'un gris terne semblaient protéger l'accès à une série de débarras. Toutes étaient fermées, sauf la dernière, qu'un coup d'épaule avait visiblement enfoncée. Nath luttait à présent contre la terrible inclinaison du corridor. D'une détente de reins, il réussit à s'accrocher au montant de la porte ouverte et à se hisser dans la chambre.

Un homme y était assis, ou plutôt prostré. La boue maculait sa bedaine et son crâne chauve. Nath eut un coup au cœur.

– Neb Orn ! cria-t-il.

Sa voix avait réussi à dominer un instant le tumulte ambiant. Surpris, le harponneur leva la tête. Il lui fallut un instant pour parvenir à identifier le pantin terreux qui venait de l'appeler par son nom. Sa large face s'illumina.

– Nath ? C'est toi, petit ? C'est toi ?

Les premières effusions passées, ils s'assirent en tailleur, face à face.

– Qu'est-ce que tu fais ici ? demanda le jeune homme.

Neb fit un geste vague :

– Naufragé, comme toi, sans doute…

– Et la canonnière ?

– Coulée, broyée par ce fichu nuage, celui qu'on poursuivait lorsque tu nous as quittés, tu sais… Un vrai désastre. Je suis le seul survivant.

– Qu'est-ce qui s'est passé ?

Le harponneur reprit son souffle.

– Une drôle d'histoire. Nous le suivions depuis trois jours. Sa vitesse était constante, tout allait bien. Notre but était de nous en approcher pour y jeter un grappin et de nous hisser à bord selon la procédure habituelle, et puis…

Il dut s'interrompre une seconde. Le vent, hurlant dans les tuiles, produisait une note stridente.

– Et puis, rien n'a marché comme prévu. Soudain, alors que nous nous préparions à jeter le grappin, le nuage a fait demi-tour ! Demi-tour, tu entends ? Jamais vu ça en vingt-cinq ans de navigation. Oui, demi-tour, comme si sa route s'était brusquement trouvée modifiée par un ordre mystérieux. Il était très bas, presque au niveau du pont, il a frappé l'avant du navire de plein fouet. Le choc a été suffisant pour fendre l'étrave. La canonnière a fait eau immédiatement. En quelques minutes, c'était fini. Une dizaine d'entre nous se sont jetés dans un canot de sauvetage. J'étais avec eux. Nous avons dérivé quelques heures ; puis la tempête a éclaté.

– La barque a chaviré ?

– Oui, je suis resté accroché à un filin. J'ai perdu connaissance. Quand je me suis réveillé, j'étais dans le hall de l'immeuble, j'ai grimpé l'escalier comme un somnambule pour être le plus loin possible de la surface.

– Où est le nuage à présent ?

Neb le regarda gravement :

– Quelque part autour de nous. Il rôde dans la tempête. Peut-être même va-t-il nous heurter tout à l'heure, comme jadis les icebergs sur la Terre. Quand il est revenu sur nous, j'ai eu la trouille de ma vie ! On aurait dit un animal qui chargeait. Un rhinocéros ou un truc comme ça. Je ne sais pas si tu te rends bien compte, mais aucun nuage n'a jamais modifié sa course, jamais… Si je n'étais pas aussi incroyant, je dirais qu'il y a de la sorcellerie là-dessous.

Nath se redressa. En se débarrassant tant bien que mal de la gangue de boue, il découvrit que son corps était constellé de blessures microscopiques.

Bizarrement, malgré le caractère tragique de la situation, il avait faim.

– Combien de temps l'immeuble peut-il résister à la tempête ? demanda-t-il en hurlant pour se faire entendre.

Neb haussa les épaules :

– Aucune idée. Si nous ne basculons pas, il peut tenir assez longtemps. Il y a bien encore quatre étages au-dessus du niveau de la mer. Si la maison se couche, par contre, en quinze secondes, notre sort est réglé.

Nath se rassit en essayant de trouver un centre d'équilibre sur le plancher mouvant.

– Bizarre, cette histoire de nuage, observa-t-il au bout d'un moment.

– Plus que bizarre, répéta Neb Orn comme un écho. Jamais je n'ai vu une de ces saloperies se comporter comme…

Il s'interrompit brusquement.

– Comme quoi ? releva Nath, en éveil.

– Non, rien, c'est idiot.

– Mais si, dis ! Comme quoi ?

Neb eut une mimique embarrassée.

– Non, rien ! J'allais dire : comme si quelqu'un l'avait appelée. Mais c'est bête, n'en parlons plus. Ne tombons pas dans le fatras des contes à dormir debout qui courent de taverne en taverne.

Nath haussa les sourcils, craquelant le masque de boue séchée qui épousait son visage.

– Il y a une légende au sujet des nuages ?

– Oui, il y a des légendes au sujet de n'importe quoi ! Ce n'est pas le moment d'en parler.

Le harponneur se coucha sur le flanc.

– Essayons de nous reposer tout en ouvrant l'œil, lança-t-il comme pour annoncer que le débat était clos. Mais, toi-même, que fais-tu si loin de ta ville ? Quelle drôle d'idée de se promener sur la plaine à la veille d'une tempête !

Le jeune homme s'allongea sur le dos, croisa les mains sous sa nuque et entreprit de faire le récit des événements qui l'avaient conduit à se perdre en pleine tourmente. Quand il eut fini, Neb se racla la gorge.

– Bizarre, dit-il avec une certaine suspicion dans la voix, que ta sentinelle n'ait pas prévu la tempête.

Elle aurait voulu t'y jeter qu'elle n'aurait pas procédé autrement !

Nath fit claquer sa langue avec irritation :

– Je sais ! C'est aussi ce que dirait Sigrid. Mais Ghun avait vraiment les yeux abîmés quand je suis parti. Peut-être n'a-t-il pas pu voir les signes précurseurs ?

– Admettons, laissa tomber Neb Orn, mais son ton n'avait rien de convaincu.

Le silence s'abattit sur la petite pièce. Nath, luttant contre l'épuisement, cherchait à identifier les objets entassés autour de lui. Il réalisa soudain que, pour la plupart, il ignorait tout de leur utilité. Neb aurait pu probablement lui répondre, mais sa respiration ralentie indiquait qu'il avait sombré dans le sommeil. Nath ferma les yeux ; brusquement, la plainte du vent lui sembla très lointaine et le balancement de l'immeuble lui apparut comme une sorte de titanesque bercement. Il s'endormit.

Lorsqu'ils se réveillèrent, la tempête avait cessé. Du haut d'un balcon ils purent examiner à loisir la plaine déchirée redevenue liquide. L'immeuble s'était enfoncé jusqu'au sixième étage, c'est-à-dire juste sous leurs fenêtres, mais à présent il semblait stable.

Neb Orn, les yeux réduits à l'état de fente, scrutait les alentours.

– Quelque chose ne va pas ? interrogea Nath.

– Rien encore, mais je cherche ce damné nuage. C'est idiot du reste. À l'heure actuelle la tempête a dû le recouvrir de boue, et d'ici on doit le confondre avec l'une des mille collines qui nous entourent.

Il resta un instant songeur.

– Quel superbe camouflage, ajouta-t-il comme s'il pensait tout haut. Dire qu'il est peut-être là, tout près, déguisé, à nous narguer.

Nath ne répondit pas. Il avait des problèmes plus immédiats, et l'un d'eux se nommait la faim. Après avoir fureté dans toutes les pièces de l'étage, ils réussirent à rassembler de quoi fabriquer une ligne rudimentaire. La dépouille d'un oiseau tué par la tempête servit d'appât et Neb s'installa sur la pente du toit, les pieds dans la gouttière, la canne fichée entre les cuisses. Au bout d'une matinée d'attente vaine, un poisson de vase consentit enfin à se laisser prendre. Ils le firent rôtir sur un feu allumé à l'aide des débris d'un fauteuil. Cette piètre nourriture leur parut un festin.

Le repas fini, ils dormirent encore une heure ou deux. « On ne peut pas partir tant que la plaine ne s'est pas solidifiée, avait décrété le harponneur. Il faut attendre, même si cela doit prendre trois ou quatre jours. Pas question d'aller s'enliser. Il n'y a guère que les lézards pour sortir vivants de ce genre d'aventure, et c'est parce qu'ils savent ramper... »

Tout en faisant fumer les restes du poisson, Nath pensait à son étrange randonnée. Devait-il se méfier de Ghun, comme Neb semblait l'exhorter à le faire ? Devait-il voir dans cette malencontreuse histoire le fruit du hasard et de l'infirmité naissante de la sentinelle ? Il ne savait pour quelle solution opter. Le voyant dans l'embarras, Neb vint à son secours.

– Les derniers événements nous ont un peu secoués, lâcha-t-il d'une voix calme. Je pense qu'il ne faut pas s'emballer. Tu as probablement raison. Ton Ghun est un homme fier, malade. Il vient d'être élu à la plus haute responsabilité, et il ne veut pas s'avouer diminué de peur qu'on le remplace. Peut-être qu'il est frappé de cécité et qu'il cherche à se duper lui-même ? Beaucoup d'hommes sont ainsi,

Nath : la maladie désarme les plus braves. Dans ce cas, ton rôle sera difficile. Tu as aussi des responsabilités envers la ville et les maux du guetteur ne doivent pas mettre la colline en danger.

Nath hocha la tête. Plus il y pensait, plus cette explication lui semblait la seule valable. « Il faudra que je fasse la paix avec Sigrid et que j'essaie de lui mettre enfin un peu de plomb dans la tête », songea-t-il en empilant les morceaux de poisson fumé.

En vidant toutes les armoires Neb Orn avait fini par mettre la main sur des vêtements que les années n'avaient pas réduits à l'état de loques. Ils en profitèrent pour se changer.

– Et toi, que vas-tu faire ? lui demanda le jeune homme.

Le harponneur fit la moue :

– Je n'ai pas beaucoup de solutions. Le plus sage me semble de t'accompagner jusqu'à la colline. Là nous nous séparerons. Je raconterai aux habitants que je suis naufragé, ce qui est la stricte vérité. Je n'aurai pas de mal à monnayer mes muscles. Ensuite nous verrons…

Ils durent encore attendre deux jours avant de pouvoir poser le pied sur le sol cicatrisé de la plaine.

Dès que Neb Orn ne sentit plus la croûte coagulée fléchir sous son poids, ils se mirent en marche. Nath s'aperçut à cette occasion que l'immeuble naufragé avait probablement dérivé, car la distance à parcourir pour rejoindre la colline se révéla bien supérieure à celle de l'aller. Ce n'est qu'à la fin de la journée que la silhouette filiforme de la tour de guet surgit du brouillard. Nath se demanda si Ghun, penché aux créneaux, pouvait déjà le reconnaître. À ce moment, le harponneur se tourna brusquement vers son compagnon. Il tenait à la main un volumineux paquet de chiffons qu'il venait de tirer de son sac.

– Tiens, dit-il, un souvenir de la canonnière... Le seul qui reste.

Après un rapide signe de tête, il se sépara de Nath. Le jeune homme le vit s'éloigner en direction du petit port situé à la pointe ouest de la colline. Alors, écartant les chiffons, il dénuda l'objet qu'il tenait entre ses doigts. C'était une paire de puissantes jumelles marines.

17

Ghun ne manifesta aucun trouble lorsque Nath pénétra dans la tour. Mais Sigrid aurait bien sûr prétendu qu'ayant observé l'approche du jeune homme depuis le haut des créneaux, il avait eu tout le temps de se remettre de sa surprise et de se composer un visage.

Quand Nath lui expliqua que la tempête avait englouti l'igloo et les jumelles qu'il était censé rapporter, la sentinelle se contenta d'un geste vague avant d'ajouter de sa curieuse voix éteinte : « Mes yeux vont mieux… »

L'épisode de la tempête se termina ainsi, sans plus de rebondissements, laissant à Nath un curieux sentiment de malaise.

Pendant l'absence du jeune homme, Ghun avait réussi à apprivoiser un faucon, qui ne le quittait guère et se tenait perché sur son épaule, les griffes recourbées du rapace crissant sur la cuirasse de pluie. Un tel acte impressionna favorablement Nath. Jadis, son père avait fait la même chose.

« Un véritable Rampant n'aurait jamais touché un oiseau, songea-t-il. Il se serait empressé de lui tordre le cou. Ghun n'est pas un vrai Rampant ; du moins, ses opinions ne le poussent pas au fanatisme. Peut-être pense-t-il qu'il ne faut pas chercher à nier notre responsabilité dans le saccage d'Almoha ; peut-être s'y sent-il lui-même impliqué, mais cela ne va pas plus loin. »

Et, dans un élan de bonne humeur, il alla proposer à la sentinelle les jumelles que lui avait données Neb Orn.

La vie avait repris son cours monotone. En furetant à travers la ville, Nath réussit à dénicher un minuscule appartement en haut d'un immeuble en assez bon état. Il y appliqua son sceau, désignant à tous l'endroit comme son refuge. Il comptait mettre à profit les dix ans à venir pour se faire accepter par la population de la colline. De son côté, Ghun entreposa ses biens dans une petite maison en bordure de la plage. Ainsi, quand leur service à la tour toucherait à son terme, ils ne seraient plus ni l'un ni l'autre des errants.

L'attitude de la sentinelle acheva de rassurer le jeune homme. En effet, s'il n'avait été sur la colline que pour porter préjudice à la ville, quel besoin aurait-il eu de prévoir ainsi l'avenir ? Non, Ghun comptait visiblement se fixer dans la cité et vieillir parmi les hommes, rompant ainsi avec l'isolement où avait dû le confiner trop longtemps son métier de chasseur solitaire. Nath en fut heureux.

Le temps passait, rythmé seulement par le déroulement des tâches quotidiennes.

Un soir que Nath déambulait à travers le labyrinthe des ruelles du quartier des pêcheurs, entre les parois brunes des cahutes de tourbe et dans la fumée des lampes à graisse de lézard, une main fine et fraîche vint se plaquer sur sa bouche.

– Chut ! Ne dis rien. Viens vite.

C'était Sigrid.

Elle était affublée d'un manteau dont le capuchon dissimulait sa chevelure, et Nath vit qu'elle se déplaçait en voûtant les épaules comme un vieillard.

– Sigrid ! s'étonna-t-il. À quoi joues-tu ?

Elle eut un geste irrité :

– Tais-toi, ne prononce pas mon nom. Les espions de Ghun sont partout.

Nath haussa les épaules et, sans plus réfléchir, se coula à sa suite dans l'étroit tunnel qui séparait les maisons. Ils serpentèrent ainsi pendant un bon moment. Par endroits, les parois rugueuses, criblées de blessures ouvertes par les pluies, étaient si rapprochées qu'elles raclaient les épaules du jeune homme. Enfin Sigrid s'arrêta devant l'entrée de ce qui semblait être un souterrain. De larges marches s'enfonçaient dans le sol.

– Sais-tu ce que c'est ? murmura-t-elle. C'est l'une des dernières entrées du métro d'Almoha.

D'une anfractuosité elle tira une torche graisseuse, qu'elle enflamma.

Ils descendirent. Les pas résonnaient entre les murs de céramique jaunie, et leur écho semblait courir devant les deux jeunes gens.

– Il n'y a plus que deux ou trois stations encore situées au-dessus du niveau de la mer, dit la jeune fille. La boue a envahi les tunnels, et les lézards se promènent sur les quais. Il ne faut pas parler à haute voix. Le plafond est fragile.

Ils avançaient dans la tache jaune de la torche dont la lueur ne semblait guère effrayer les ténèbres.

– Ghun a tenté de te tuer ! lâcha soudain Sigrid. Je t'ai vu revenir en loques, blessé. Es-tu convaincu maintenant, où vas-tu nier qu'il a essayé de te perdre dans la tempête ?

– Tu es folle ! coupa Nath. Ghun était à moitié aveugle à cause des gaz des marais. Il a voulu fanfaronner pour ne pas l'avouer. J'aurais pu tout aussi bien faire l'aller-retour sans problème. La tempête est une coïncidence.

Sigrid siffla avec violence, comme un chat.

– C'est toi qui es aveugle ! Mais ce que je vais te montrer va peut-être t'ouvrir les yeux ! En tout cas, c'est ta dernière chance pour ne pas mourir idiot !

Ils débouchèrent sur le quai d'une station. Un troupeau de lézards, surpris par la flamme de la torche, s'égailla en feulant de rage. Nath les vit plonger dans la boue du haut du quai et nager vers l'entrée d'un tunnel jadis réservé à la circulation des rames. Un wagon avait été tiré au sec et occupait l'un des couloirs surmonté du panneau « Correspondance ». C'était une épave dont la rouille avait dévoré la peinture ; seules les vitres de Plexiglas étaient encore intactes. La jeune fille frappa légèrement la tôle du plat de la main.

– C'est nous, souffla-t-elle.

Au bout d'une dizaine de secondes, la double portière coulissa, manœuvrée de l'intérieur. Une tête d'homme, pâle et ruisselante de sueur, émergea au ras du plancher. Surpris, Nath vit que l'individu tenait un coutelas à la main. Il était à plat ventre, et les crispations de son visage trahissaient la douleur.

– Qui c'est ? fit-il d'un ton âpre en désignant Nath de la pointe de sa lame.

Sigrid eut un geste apaisant.

– Un ami, murmura-t-elle. Ce n'est rien, calme-toi.

Ils se hissèrent dans le wagon branlant. Une forte odeur de moisi assaillit les narines de Nath. L'homme se traîna sur le ventre vers une couverture étendue dans un coin. Il y déposa son poignard artisanal.

Sigrid s'agenouilla et fit signe à Nath d'en faire autant. « Nous avons vraiment l'air de conspirateurs de pacotille ! pensa le garçon. Tant que nous y sommes, nous devrions former une société secrète et lui donner pour nom *Les sentinelles du crépuscule.* »

– Écoute, commença Sigrid. Cet homme n'est pas de la colline. C'est un étranger arrivé il y a environ une semaine. Auparavant, il habitait une ville qui a été rasée par un iceberg-nuage, non loin de la falaise de Ghan-Taar. Il a des révélations intéressantes à faire.

L'homme secoua la tête avec violence.

– Je ne veux pas parler de ça ! gronda-t-il. Je veux partir d'ici ! Trouvez-moi une barque, n'importe quoi. Je ne veux plus rester sur cette colline.

Sigrid le prit par les épaules.

– Je t'ai promis de te procurer une barque, fit-elle avec fermeté. Avant, raconte à mon ami ce que tu m'as dit il y a trois jours.

L'homme se coucha sur la hanche, ramena ses genoux contre sa poitrine, et, à cette occasion, Nath vit que des pansements sommaires entouraient ses mollets.

– Je l'ai déjà dit, lâcha-t-il d'une voix fatiguée. Je suis arrivé ici il y a une semaine, mon village a été rasé par un nuage. Un nuage qui est sorti de la nuit, comme ça, pendant que nous dormions, et qui a écrasé toutes les maisons. J'ai eu de la chance de m'en tirer, tous les autres sont morts sous les pierres. J'ai pensé que votre clan m'accepterait peut-être. Je suis bon menuisier, et j'ai pu sauver mes outils. En me promenant dans les rues, j'ai rencontré votre sentinelle, celui que vous appelez Ghun. Je le connaissais déjà, mon village lui avait accordé l'hospitalité pendant une semaine. Il se prétendait chasseur solitaire ; il se faisait alors appeler Sumar...

– Je ne vois pas où est le crime, observa Nath. C'est une coutume dans certains clans. On change de nom selon son âge ou les événements de sa vie. Un chasseur qu'on appelait le Téméraire peut décider désormais de se nommer le Prudent. Un guerrier qui désire la paix après une longue vie passée à combattre peut ainsi se faire appeler le Tranquille ou le Paisible, affichant de cette manière l'évolution de son caractère. Lorsque ces mots sont traduits dans un dialecte étranger, on les prend aisément pour des noms propres. Ghun a eu récemment un accident qui a abîmé sa voix, il a pu vouloir en faire un patronyme. Il s'est lui-même désigné sous le nom de Ghun-le-muet. Je m'en souviens...

– Tu bavardes, coupa Sigrid. Tu ne sais faire que ça, comme ton père ! Ghun ou Sumar – je ne sais plus comment l'appeler – n'est pas un chasseur solitaire. C'est un sorcier.

Nath haussa les épaules. Tout cela n'était que superstition.

Voyant l'incrédulité se peindre sur les traits du jeune homme, le blessé s'agita.

– C'est un sorcier, ouais ! martela-t-il soudain. Dans mon village, il avait des pratiques bizarres. Il y avait toujours des lueurs et des odeurs étranges dans sa tente. Quelques jours avant que le village ne soit détruit, une flamme verte brillait en permanence à l'endroit de son bivouac. Aujourd'hui, je le retrouve ici. Un malheur va arriver, c'est sûr ! Je n'ai pas envie de rester là, ça non !

Nath se tourna vers Sigrid.

– Écoute, murmura-t-il en cherchant les yeux de la jeune fille, la magie n'existe pas. Il faut réagir contre l'obscurantisme qui nous guette tous. Ghun se livrait sûrement à des fumigations pour s'éclaircir la voix, ou quelque chose du même genre. Je lui poserai la question si tu veux. Ghun est utile à la ville. Depuis son arrivée, il n'a fait que rendre service. Qui évite les accidents ? Ghun. Qui repère les migrations de gibier ? Ghun. Qui prévoit la pluie ? Qui détecte les bandes de pillards ou de rôdeurs sur la plaine ? Toujours Ghun.

– Il n'a pas prévu la tempête qui a bien failli t'engloutir ! releva Sigrid.

– Il était malade, coupa Nath.

– Tu nies l'évidence ! dit la jeune fille en trépignant d'impatience.

– Quelle évidence ? La magie ? Je n'y crois pas. Nous ne devons pas retourner à la préhistoire !

– L'élection a été truquée, Nath ! On a probablement menacé ou acheté Torn le plongeur aveugle. Une fois sous l'eau, il n'a eu qu'à tirer de dessous son pagne une tuile gravée au nom de Ghun, et le tour était joué.

– Admettons, c'est possible. Ghun est un errant, il est arrivé ici au moment de l'élection de la sentinelle. Le poste a pu lui faire envie ; il désirait un peu de repos, une tanière. Il a soudoyé Torn, quitte à racheter ensuite cette tricherie par un dévouement que personne ne peut mettre en doute. Ghun est utile à la ville, Sigrid, je peux le constater tous les jours, même si l'homme ne me plaît guère. J'ai des responsabilités envers la colline et peux l'affirmer : Ghun-le-muet est sûrement l'une de nos meilleures sentinelles. Et quels arguments m'opposes-tu pour le condamner ? La magie !

– J'en ai un autre ! rugit la jeune fille. Notre ami a été victime d'une agression la nuit même où il a rencontré et reconnu Ghun !

– C'est vrai, haleta l'homme. Je marchais dans l'une des ruelles du quartier des pêcheurs. C'était la nuit, brusquement, une bête s'est mise à courir derrière moi, elle m'a mordu aux mollets. Je suis tombé, j'ai crié… Des gens sont venus, et l'animal s'est enfui.

– Qu'est-ce que c'était ? demanda Nath.

– Ce n'était pas un animal ! lança Sigrid. Si tu regardes ses blessures, tu verras que ce ne sont pas des morsures, mais bien des coupures. Des plaies très nettes qui n'ont pu être causées que par une lame.

– Mais qui ? balbutia Nath, ébranlé.

– D'après toi, qui peut se déplacer à quatre pattes armé d'un couteau, sinon un Rampant ?

– Un Rampant !

– Oui, un Rampant. Il est probable qu'il cherchait à faire tomber sa victime pour lui faire un mauvais parti. Peut-être même pour le faire taire !

– Les Rampants nous détestent tous en bloc, observa pensivement Nath. Ils ont peut-être décidé de quitter leur chapiteau pour tenter des expéditions punitives. Évidemment, la coïncidence est étrange. Y a-t-il eu d'autres agressions la même nuit ?

Sigrid haussa les épaules :

– Je n'en sais rien.

– Ghun est un Rampant, soit, mais il se dévoue pour la communauté, poursuivit le jeune homme. Il peut être convaincu de la responsabilité de l'homme dans la destruction de cette planète, sans vouloir pour autant détruire la race humaine en général.

– Mais son dévouement n'est qu'une ruse ! Il avait besoin d'un témoin pour le défendre : tu es son alibi, Nath. À ton insu, tu es le complice des Rampants. Tu te promènes dans la ville, clamant les mérites de Ghun, tu endors la méfiance de la cité, alors qu'il faudrait au contraire l'éveiller.

– Je ne suis guère convaincu. Qu'on tienne à l'œil les Rampants, soit. Qu'on fasse des patrouilles nocturnes ; mais Ghun, magicien !

– Il faut faire plus que ça, Nath ! Il faut évacuer la ville !

– Tu es folle ! Personne ne te suivra ! Aucun habitant n'a actuellement envie de se risquer sur la plaine !

– Et pourquoi ? Parce que les privilèges réservés aux sentinelles sont pour tous comme un miroir aux alouettes ! Personne ne s'en va parce que chacun espère bien devenir sentinelle !

– Toutes les sentinelles n'ont pas joui de leur position en repus égoïstes et bornés. Mon père, et Ghun à présent, se sont dévoués pour la cité. Personne ne leur en est reconnaissant. On se moquait de mon père ! On ricanait dans notre dos. Je n'étais qu'un gosse, mais j'avais des yeux et des oreilles... Après mon père, aujourd'hui vous attaquez Ghun parce qu'il est étranger au clan. Personne ne comprenait mon père. On a ri des livres qu'il écrivait. Je te le répète : Ghun ne m'est guère sympathique, mais je respecte son travail.

Sigrid soupira comme si elle était très lasse :

– Tu es aveugle, Nath. Je pensais que tu pourrais nous aider : moi et mes amis. Fiche le camp, tu ne peux rien pour nous. Au moins, ne nous trahis pas ! Quelques-uns pensent comme moi : il faut quitter la ville avant qu'une catastrophe nous anéantisse. Nous nous sommes rassemblés sous le nom de groupe « Nomade ». Nous essayerons de convaincre la population avant qu'il ne soit trop tard. Allez, va-t'en, j'espère que nous ne serons pas ennemis.

Nath se redressa. Il titubait un peu. La voix de la jeune fille était pleine d'une infinie tristesse. Il réalisa soudain que quelque chose se nouait dans sa gorge. Il se raidit et sauta du wagon. Sigrid lui tendit une seconde torche et pendant un court instant leurs deux mains se touchèrent. Déjà, c'était fini.

Traînant les pieds, il remonta le couloir, les yeux dans le vague. Dès qu'il se trouverait face à Ghun, il provoquerait l'explication qu'il avait différée depuis le début. Cette fois, la situation serait nette. Il émergea enfin du métro ; l'air de la nuit sentait la fumée.

En arrivant au pied de la tour, il vit une mince ligne de lumière aux meurtrières du troisième étage.

Ghun n'était pas encore endormi. Nath monta jusqu'aux appartements de la sentinelle et s'avança vers le lit. À bout de nerfs, il vida son sac, égrenant les accusations, les rumeurs, tout : la magie, la flamme verte… Lorsqu'il eut fini, Ghun soupira longuement. Il paraissait fatigué, presque vieux, et Nath eut un peu pitié de lui. Sur la table, le faucon déchirait à grands coups de bec un reste de viande.

– Nath, murmura le guetteur, parfois ma tâche me paraît trop lourde. Plus le temps passe, et plus nous sombrons dans l'obscurité. Parfois, cette marche à reculons me fait peur ; elle me donne l'impression de remonter vers le passé. J'ai triché à l'élection, je le reconnais sans honte. Mais ici je pensais être utile. Le monde s'enfonce dans l'obscurantisme et se raccroche à des légendes stupides. Le savoir s'enfuit et se perd. Préserver quelques parcelles de science est une tâche de plus en plus surhumaine. Je ne suis pas un magicien, Nath, comme tu t'en doutes. Je suis probablement le dernier chimiste d'Almoha. Toute ma science m'a été transmise oralement par mon père, qui la tenait du sien, un ingénieur de la compagnie minière. J'ai erré pendant de longues années sur les plaines, étudiant les phénomènes de la nature, menant la vie des chasseurs de lézards. Mon père était un Rampant et il m'a légué la croyance et la certitude que l'homme doit s'adapter à Almoha, et non pas le contraire. Ne crains rien, je ne suis pas comme ces fous qui vivent sous un chapiteau à la pointe de la colline. J'ai simplement étudié les substances et les plantes, les minéraux et les poudres qui pourraient peut-être permettre à l'homme de supporter sans trop souffrir la pesanteur, et surtout d'éviter que se généralisent des mutations génétiques, comme celles qui ont engendré les Têtes-Plates. Mes recherches m'ont donné mauvaise réputation. Les ignorants ont vu en moi un sorcier, un jeteur de sorts. On m'a souvent chassé, frappé, blessé. On a même cherché à me pendre. Et pourtant les hommes devraient réagir avant qu'il ne soit trop tard, avant qu'une civilisation ne se perde entièrement et que les lézards ne nous remplacent ! En venant ici, j'ai pensé les faire bénéficier de mon savoir. C'est pour ça que je t'ai choisi, Nath. Ton père était un connaissant, je savais que toi seul serais capable de me comprendre. Viens, je voudrais te montrer quelque chose.

Il se leva pesamment et se hissa péniblement sur l'échelle menant au sommet de la tour.

– Viens ! dit-il en levant la main.

Nath le suivit. Sur le sol de pierre fendillé reposait une petite coupelle de métal argenté reliée par tout un système de tubulures à ce qui semblait être un alambic. Une flamme verte y dansait.

– Voilà le feu du diable dont te parlait ton âne de charpentier. C'est simplement le produit d'un gaz inflammable provenant de certains cristaux qu'on peut trouver sur la plaine, à un endroit bien précis. Avec une poignée de ces cristaux, il est possible d'éclairer une habitation pendant un mois et de cuire la viande pendant quinze jours. C'est une nouvelle forme d'énergie, comprends-tu ? C'est peut-être la renaissance d'Almoha ! Plus de torches puantes, plus de problèmes de chauffage. Une poignée de cristaux, rien qu'une poignée...

Il se baissa, tourna une petite manette. La flamme grossit subitement, jetant un éclat grésillant.

– Je veux que cette flamme soit le symbole de la ville, Nath. Le symbole du renouveau d'Almoha. Je veux qu'elle soit comme un phare sur la plaine. Je veux qu'on sache que c'est ici que tout recommencera.

Il avait trop parlé, déjà sa voix devenait inaudible.

– Il ne faut pas les écouter, Nath, ce sont des ignorants. Je les protégerai malgré eux. Il ne faut pas qu'ils partent. Le nomadisme, c'est la mort, les plaines de boue sont des tombeaux. Elles peuvent s'ouvrir et se fendre sans aucun signe précurseur et engloutir la population d'un village. Nous devons apporter le savoir, reconstituer les éléments favorables au redémarrage d'une industrie, fabriquer de l'acier, des moteurs. Avec les cristaux, plus besoin de raffineries ni d'installations compliquées… Regarde cette flamme verte, Nath, c'est un signe du futur !

Il toussa, s'enroua, fit comprendre d'un geste au garçon qu'il ne pouvait plus parler.

– C'est le futur ! murmura Nath en écho.

À ses pieds, le lumignon dansait dans le vent.

18

Cette soirée devait sonner la fin de la paix sur la colline. Le coup d'envoi de la rébellion fut donné trois jours après la discussion qui avait opposé les deux jeunes gens. Ce matin-là, en s'accoudant à l'une des meurtrières, Nath eut la surprise de découvrir Sigrid dressée dans le vent de l'aube. Elle se tenait debout sur la plaine à quelque distance de la colline, la tête levée vers le sommet du donjon. Le froid la faisait grelotter, mais elle essayait de ne pas le laisser paraître. Elle tenait par le guidon un antique vélo couvert de rouille. D'une voix aiguë, à intervalles réguliers, elle criait un mot dans la bourrasque – toujours le même : « Nomade ! »

Dans sa nuque, Nath perçut le souffle accéléré de Ghun. Il craignit un instant que la sentinelle ne lui demandât d'intervenir et de chasser la jeune fille à coups de fouet.

« Nomade ! » Le cri retentit durant tout le jour sans que Sigrid prenne le moindre repos. Pour Nath, c'était une situation intolérable qui lui brisait le cœur. Il pensait que la jeune fille se retirerait à la tombée du jour, mais elle n'en fit rien. Tout au plus se contenta-t-elle de fermer les yeux, toujours cramponnée à son vélo préhistorique, indifférente à la pluie de cailloux qui s'était mise à lui marteler le visage et les épaules, les couvrant lentement de meurtrissures.

– Une folle ! avait murmuré Ghun comme s'il voulait banaliser l'événement. Mais n'est-ce pas une de tes amies ? Tu devrais lui conseiller de partir avant que je perde patience. Je n'aimerais pas être obligé de cingler son joli dos avec mon fouet à lézards. Les cicatrices causées par sa lanière ne s'effacent jamais, ce serait dommage !

Nath sortit sur le pas de la porte pour supplier la jeune fille de s'éloigner, mais elle fit comme si elle ne le voyait pas. Tout son corps était maintenant couvert d'ecchymoses. À l'aube du second jour, une dizaine de garçons et de filles entre douze et vingt ans descendirent le versant nord de la colline en poussant, eux aussi, des bicyclettes vétustes. Sigrid prit la tête du cortège.

Ghun, vert de rage, se tenait debout dans le rectangle d'une meurtrière, le faucon croché à son avant-bras comme à l'accoutumée.

– Demi-tour ! hurla-t-il dans le vent. Faites demi-tour !

Mais déjà les mutins posaient le pied sur les premières craquelures de plaine sèche, crevassée. Indifférents aux ordres, ils ne relevèrent même pas la tête et poursuivirent leur chemin, poussant les vélos cliquetants. C'étaient pour la plupart des gosses mal nourris, à la poitrine creuse, aux côtes saillantes. Ils allaient traverser.

Du coin de l'œil, Nath vit alors Ghun secouer le bras. Un trait de plumes fauves zébra l'air vers la tête de Sigrid, qui eut le réflexe de se baisser. Le faucon n'eut pas le temps de corriger sa course et tomba sur l'enfant qui marchait dans les traces de la jeune fille. Le gamin poussa un long cri quand le bec recourbé lui lacéra la face avant de lui crever les yeux, puis il roula dans la boue. Ses compagnons refluèrent en désordre, et même Sigrid battit en retraite en se protégeant le visage derrière ses avant-bras levés.

Cette fois le regard de la sentinelle se chargea de haine.

Atterré, Nath comprit que Sigrid tenait parole. Elle cherchait à saper l'autorité du guetteur par des actions frappant l'imagination des habitants de la colline. Toutefois il ne voyait pas comment elle arriverait à leur donner le désir de partir. Tout au plus, ses compagnons et elle-même seraient-ils taxés de folie. Très rapidement, on les rangerait dans la même catégorie que les Rampants : celle des insensés et des fanatiques.

Le lendemain, alors qu'en compagnie de Ghun Nath regagnait la tour, un groupe de garçons et de filles leur barra la route. Sigrid était à leur tête, le visage marbré d'hématomes. Elle s'avança vers le guetteur et lui désigna l'un des bâtiments bordant la rue haute. Il était visible, à l'inclinaison peu naturelle des murs, que l'immeuble s'enfonçait lentement.

– La boue a atteint les fenêtres du deuxième étage en l'espace de quinze minutes ! lança-t-elle. Nous avons déjà perdu dix maisons de la même façon.

Chaque jour la croûte devient plus molle et les bâtiments coulent, entraînés par le poids de leurs fondations.

Ghun hocha la tête en silence. Le vent plaquait la cape verte sur son corps caparaçonné de métal.

– Il en reste encore assez, fit-il d'une voix calme où perçait toutefois une certaine insolence.

La jeune fille leur désigna alors un toit de tuiles grises qui dépassait de la boue à quelques brasses de la colline.

– Celui-là a basculé brutalement, lâcha-t-elle. Il a glissé sur la pente comme un vulgaire bloc de pierre. Un véritable naufrage. La famille qui y habitait s'est noyée. Mais vous vous en fichez sûrement ?

Nath se demanda si la jeune fille cherchait à se faire tuer, mais la voix rauque de la sentinelle le tira de ses pensées. « Rien ne sert de dramatiser », disait-elle.

Maintenant Sigrid parlait vite comme ceux qui veulent convaincre ; hélas, le vent étouffait sa voix. Nath posa la main sur son épaule, il aurait voulu la rappeler à la prudence avant qu'elle n'aille trop loin, mais la jeune fille lui cria au visage :

– Bientôt, c'est la colline tout entière qui coulera !

Nath se recula, surpris par tant de violence. Brusquement, un coquillage le frappa à la joue et éclata sous le choc. Quelque part une voix hurla : « Nomade ! »

Nath porta la main à son visage. Il saignait.

Avant que Ghun ait eu le temps de réagir, le groupe s'était dispersé à travers les ruines.

Tout en regagnant silencieusement le donjon, Nath pensa que la guerre venait de commencer.

Il ne se trompait pas. À partir de cet instant, il ne se passa pas de jour sans que Ghun ou lui-même ne soient mêlés à une escarmouche en un point quelconque de la ville.

Un soir, alors que la sentinelle, cédant à l'insistance de Nath, visitait les immeubles en péril, Sigrid jaillit au détour d'un couloir et leur jeta un seau de boue liquide au visage. Prompt comme un prédateur, l'ancien chasseur solitaire la saisit par les cheveux, et, sourd aux invectives, l'entraîna dans une cour aux murs bétonnés, où il entreprit de l'attacher sur la carcasse pourrie d'un lézard.

Quand les cordes plaquèrent la jeune fille contre la chair gluante, déjà noircie par les mouches, Nath ne put retenir un mouvement d'horreur.

– Tu ne me fais pas peur ! hurla Sigrid à l'adresse de Ghun. Tu ne me briseras pas de cette manière. Regarde ! Regarde donc !

Et, empoignant la carcasse du lézard, elle mordit à belles dents dans la chair décomposée.

– Nous ne sommes plus des enfants ! vociféra-t-elle. Des gosses qu'on peut facilement effrayer. Si tu veux nous faire taire, Ghun, il faudra nous tuer !

La sentinelle s'éloigna sans répondre, le visage fermé. Sans attendre, Nath essaya d'intercéder en faveur de la jeune fille, mais la lueur de haine qu'il vit s'allumer dans les yeux du guetteur lui interdit de poursuivre son plaidoyer.

Ce n'est qu'à la nuit qu'il reçut enfin l'ordre d'aller libérer la rebelle. Passé les premières minutes, Sigrid était restée plusieurs heures sans oser ouvrir la bouche de peur que les insectes tourbillonnant autour de la carcasse ne viennent se coller sur sa langue. Sa résistance nerveuse était brisée, et elle se mit à sangloter au moment même où Nath tranchait ses liens. Il l'aida à se laver. À peine avait-il terminé que la jeune fille s'enfuit dans les ruines, sans même prononcer un mot.

Cet incident laissa Nath désemparé. À aucun moment il n'avait pensé que Ghun prendrait le chemin de la répression. Naïvement, il avait espéré qu'un dialogue naîtrait de la confrontation et que la sentinelle laisserait peu à peu entrevoir aux habitants de la colline le moyen d'améliorer leur sort. Pourquoi Ghun ne parlait-il pas de la flamme verte ? Peut-être craignait-il de se faire taxer une nouvelle fois de sorcellerie ? Ou bien le désaveu affiché par la jeunesse irritait-il cet homme rude, déjà cruellement marqué par l'incompréhension de ses semblables, développant chez lui une agressivité qu'il ne savait refréner.

Plus le temps passait, plus Nath s'étonnait du silence de la sentinelle. Le moment aurait été pourtant bien choisi pour faire une déclaration publique et apaiser du même coup les esprits. Ghun rencontrait-il des difficultés dans ses travaux ? Jugeait-il la population de la colline indigne de bénéficier de son savoir ? L'hostilité des jeunes avait pu aussi le blesser et l'orienter désormais vers une attitude de dédain offensé. Nath ne savait plus que penser. Il aurait aimé rencontrer Sigrid au milieu de son état-major pour tenter de lui expliquer la situation. Mais le groupe Nomade restait insaisissable, et le jeune homme ne put découvrir leur retraite. Même les couloirs du métro, qu'il parcourut à plusieurs reprises, ne révélèrent aucun signe d'occupation récente. Il ne lui restait plus qu'à espérer que rien ne viendrait envenimer la situation.

Bouleversé par la tournure que prenaient les événements, Nath se mit à sillonner la ville à la recherche de Sigrid. Il voulait l'exhorter au calme, l'empêcher de déclencher un conflit qui, très rapidement, ne manquerait pas de les dépasser tous les deux. En quelques jours, le garçon avait vu Ghun se durcir, redevenir un chasseur solitaire, un homme de bronze parfaitement à l'aise dans la lutte. Nath sentait qu'il ne céderait pas à la pression, encore moins à la menace.

– Ce sont des fous, avait-il déclaré un soir. Des fous conduits par une insolente qui veut se faire remarquer. Elle ferait mieux de consacrer plus de temps à son travail, cela calmerait son ardeur ! Je protégerai les honnêtes gens de la colline contre ces agitateurs, je ne les laisserai pas livrés à une poignée d'inconscients qui ne pourraient que les mener à la mort sur la plaine de boue.

Dévoré d'inquiétude, Nath redoubla d'efforts. Après bien des détours, il réussit enfin à découvrir Sigrid, debout en haut d'un tronçon d'escalier surplombant la place du marché. Jouant des coudes à travers la foule, il s'approcha. Elle criait, et ses paroles soulevaient des remous dans l'assistance.

– Nous devons partir, disait-elle, quitter la colline. Partir à la découverte. Ne nous accrochons pas à ce terrier, où nous mourrons tous avant l'âge. Vous vivez sur des fables, des légendes qu'il faut à présent oublier. Beaucoup d'entre vous pensent à la tour, aux privilèges des sentinelles. Et ils se trompent ! Ils sont prêts à vivre comme des esclaves dans l'attente du tirage au sort. Comme si dix années de privilèges justifiaient une vie de souffrance ! Je vais vous dire la vérité : il n'y a pas de salle des mille baignoires, pas de garde-manger rempli de saucisses et de viande de bœuf. La tour n'est qu'une tour, rien de plus. Les sentinelles propagent ces contes à dormir debout pour faire croire qu'ils ont vécu des choses extraordinaires et se faire valoir aux yeux des pauvres gens. Ils ont honte d'avouer qu'ils ont été en réalité victimes des légendes de la colline. Ce sont des menteurs. Ne les écoutez pas !

Pas un murmure ne s'éleva. Un silence de catastrophe planait sur la place, puis la foule recula et se dispersa dans un clapotis de pieds mouillés.

Durant les jours qui suivirent, les rues furent peu à peu désertées, et les cris des enfants n'éveillèrent plus que les hurlements rageurs des adultes. Chacun sortait d'un long sommeil, et cela n'allait pas sans mal. Il y eut ceux qui s'accrochaient désespérément à leurs rêves et qui venaient la nuit bombarder la tour de tuiles anonymes. Il y eut ceux qui exigèrent de visiter le donjon de fond en comble. Nath les vit taper du pied, sonder les murs à coups de poing à la recherche d'un passage secret, qui n'existait que dans leur imagination.

Où étaient donc la salle des mille baignoires et le fabuleux garde-manger des sentinelles ?

Personne ne désirait plus la place de sentinelle, et une apathie générale suivit l'explosion de colère initiale. Ainsi que Sigrid l'avait prévu, on se prit à rêver d'une contrée plus clémente, comme on avait jadis rêvé de la salle du banquet et des blondes servantes aux cheveux parfumés. Nath s'en rendit compte au hasard des bavardages des commères, encore qu'on commençât à se taire à son approche.

Désormais, il était devenu pour tous l'âme damnée de Ghun l'oppresseur. Il en conçut une grande tristesse. Pour couronner le tout, Sigrid devint de nouveau introuvable. En ville, ses sympathisants pensaient qu'elle se cachait pour échapper à la colère de Ghun, mais personne n'en était vraiment certain. On chuchotait que les Rampants l'avaient peut-être capturée pour l'écraser sous un monceau de pierres, à leur habitude.

Terrifié à cette seule idée, Nath se rendit une nuit aux abords du chapiteau de cuir. Là, les mains en sang, il entreprit de fouiller les tas de pavés accumulés sur le pourtour du campement. Il tremblait à l'idée de toucher soudain le visage glacé de Sigrid. Par bonheur, elle n'était pas là, il s'en réjouit en titubant au milieu des cailloux.

Avec une certaine gêne, il se demanda soudain si la jeune fille ne commençait pas à prendre trop de place dans ses pensées. Était-il en train de tomber amoureux ? Diable ! Voilà une chose qu'il n'avait nullement prévue.

Quelques jours plus tard, alors qu'il était en faction au troisième étage de la tour, une mouette vint se poser dans l'angle d'une meurtrière. Obéissant à une impulsion, il la captura en jetant sur elle un vêtement. L'animal était chaud et, en le portant à son visage, Nath perçut un étrange parfum épicé qu'il n'avait jamais senti sur la plaine. Il en retira la conviction que l'oiseau venait d'ailleurs, de très loin…

De l'autre côté du monde…

19

Le premier assaut contre le donjon eut lieu peu de temps après. Oh ! bien sûr, ce ne fut qu'une volée de pierres anonyme qui ricocha sur les meurtrières, mais l'un des galets atteignit le guetteur à la joue et Nath éprouva une étrange satisfaction à le voir saigner. Puis des torches furent lancées par les ouvertures du bas, et la construction empesta la fumée plusieurs jours durant. Ghun dut se résoudre à employer des lézards pour défendre les abords des lieux. Un beau matin, Nath découvrit des morceaux de viande à l'odeur âcre dans l'écuelle des bêtes ; le lendemain, deux d'entre elles étaient mortes.

C'est à la même époque que débuta la série d'agressions nocturnes qui plongea les habitants de la colline dans l'angoisse et les conduisit à se cloîtrer chaque nuit un peu plus. Ghun comprit qu'il devait tout faire pour briser cette vague de révolte.

À partir de ce jour, il passa le plus clair de son temps devant le porte-voix à répéter d'une voix inaudible la même phrase : « Garde-toi de la plaine, garde-toi de la boue... » Mais qui l'écoutait encore ? Seule la crainte superstitieuse ancrée au fond des êtres par des années d'habitude empêchait la foule de se ruer vers la plaine. Nath lui-même passait de longs moments les yeux rivés aux jumelles de Neb Orn à guetter un hypothétique soleil, là-bas, de l'autre côté du brouillard.

C'est ainsi que Ghun le surprit. Nath n'eut pas le temps de réagir : les coups lui meurtrirent le front et les pommettes. Il recula en titubant. Il gémit de souffrance ; mais déjà le guetteur s'était ressaisi et lui criait au visage des phrases désarticulées que Nath identifia comme des passages du livre des Mises en garde. Puis, avec une voix chargée de mépris, il dit :

– Toi aussi, tu me trahis, Nath ! Tu es avec eux à présent ! Toi, le seul sur qui je pouvais compter. Et dire que j'ai pensé t'associer à la renaissance d'Almoha !

Les jours suivants, Ghun lui adressa rarement la parole et Nath sentit le regard dur de la sentinelle peser sur sa nuque. Il dut bien se l'avouer, tout au fond de lui-même : il se sentait coupable.

20

Grosse comme un poing, la flamme verte brillait au sommet de la tour, nimbant les créneaux d'un halo phosphorescent. Le soir, lorsque le silence s'étendait sur la ville, il était possible de percevoir le chuintement du brûleur. La présence de ce feu follet n'avait en aucune façon éveillé la curiosité des gens de la colline, et même les enfants ne levaient plus la tête en passant près du donjon. Les oiseaux, eux, semblaient avoir résolu de s'en méfier, car bien peu désormais abordaient aux créneaux.

Avec le temps, Ghun s'était retranché dans un mutisme indifférent. On eût dit que les événements avaient tout d'un coup cessé de l'intéresser et il ne prêtait plus aux récits de Nath qu'une oreille distraite. Quant aux Nomades, ils semblaient s'être évaporés… Toutefois, il faut bien l'avouer, les agressions nocturnes, dont le nombre ne cessait de croître, avaient peu à peu créé un climat d'insécurité des plus angoissants. Certains accusaient ouvertement Sigrid et ses troupes de vouloir ainsi pousser les habitants à fuir la colline. Nath n'y croyait guère. Il imaginait mal la jeune fille en coupe-jarret. De plus, le résultat ne serait pas allé dans le sens de ses espérances, puisque désormais à la tombée du jour chacun courait s'enfermer à double tour jusqu'au lendemain, transformant progressivement la ville en cité fantôme.

Dès lors ne restait plus qu'une explication : les Rampants… Pour vérifier sa théorie, Nath s'embusqua soir après soir dans l'angle d'une meurtrière, les yeux rivés aux oculaires des jumelles marines, parcourant les rues du regard sans jamais rien découvrir. Un jour pourtant, une silhouette apparut, rasant les murs, se déplaçant avec d'extrêmes précautions comme si elle craignait d'être aperçue. Arrivée à proximité de la tour, elle s'immobilisa au coin d'une ruelle. Tout dans sa conduite trahissait l'angoisse : les tressaillements du corps, les coups d'œil nerveux au moindre bruit, la main serrée sur un bâton.

Lorsque l'homme leva enfin la tête vers les créneaux, Nath le reconnut. C'était Neb Orn.

Nath lâcha un cri de surprise. Il n'avait plus revu le harponneur depuis la tempête, et sa présence ici – alors qu'il aurait dû normalement se trouver quelque part au Nord – ne présageait rien de bon. Il reposa les jumelles. Neb était assez dissimulé pour échapper au regard de Ghun, mais il restait toutefois dangereusement exposé à d'éventuels agresseurs nocturnes, aussi convenait-il de réagir rapidement. Prenant soin de ne pas claquer la porte, Nath sortit de la tour et plongea dans le dédale des rues désertes. Il ne fut pas long à trouver la cachette du gros homme.

Celui-ci, croyant à une attaque, fit volte-face, et Nath vint buter sur le cuir du justaucorps distendu par la masse de l'imposante bedaine du harponneur.

– J'essaye de t'approcher depuis trois jours ! souffla le géant dès qu'il fut revenu de son erreur. Les Rampants sont partout. J'ai failli tomber entre leurs mains à trois reprises.

– Je te croyais parti depuis longtemps, commença le jeune homme.

Le colosse se drapa dans sa cape de cuir.

– Je n'aime pas ce qui se passe ici, maugréa-t-il. J'ai préféré attendre un peu avant de prendre le large.

– Mais qu'est-ce qui se passe ? demanda Nath. Tu as vu les Rampants ? Vraiment ?

– Aucun doute là-dessus, et, crois-moi, il ne fait pas bon se promener le soir en ville !

Tout en parlant, il jetait de fréquents coups d'œil autour de lui, sondant l'obscurité qui s'épaississait.

– Nath, murmura-t-il, il faut faire vite. Si on te voit en train de comploter, tu deviendras suspect aux yeux de Ghun, et tu seras en danger.

– Tu as vu Sigrid et les Nomades ?

– Non, je crois que les Rampants les traquent depuis une semaine. Les gamins essaient de leur échapper en changeant toutes les nuits de refuge, mais l'étau se resserre…

– Mais pourquoi ?

– Pourquoi ? Tu n'as pas encore compris ? La bonté t'aveugle, et elle te rend idiot. Mais pour obéir à Ghun, bien sûr ! Tout cela n'est qu'un complot habile dont vous serez sous peu les victimes ! Toi et tous ceux qui habitent la colline…

– Quel complot ? Les Rampants ? Ils ne sont qu'une poignée, nous pouvons les balayer si nous le décidons…

– Les Rampants ne sont qu'une peccadille à côté de ce qui se prépare. Je crois que je suis le seul à savoir, le seul à avoir enfin compris. J'ai essayé de te prévenir aussitôt, Nath, mais chaque fois les Rampants m'ont obligé à battre en retraite.

La sueur luisait sur le visage du harponneur, et ses phalanges, serrant le bâton, étaient devenues blanches. Le jeune homme réalisa toute la gravité de l'instant.

– J'ai gardé le silence, haleta Neb, mais il est temps de tout déballer, même si je n'ai pas pour habitude de me mêler des affaires des autres…

– Allons, lança Nath, essayant instinctivement de détendre l'atmosphère, la situation n'est pas brillante, mais il ne faut pas exagérer…

– Tu dis des sottises ! coupa l'ancien harponneur. Pas brillante ? Tu devrais dire catastrophique, oui ! Tu n'as donc rien compris ! Tu ne connais pas la signification de la flamme verte que Ghun fait briller au sommet de la tour, de jour comme de nuit ?

– Mais si ! Il m'a expliqué que c'était une nouvelle forme d'énergie qui pouvait révolutionner Almoha, et nous permettre de retrouver un nouvel essor. Ghun est chimiste, il…

– Chimiste ? Ghun ! Quand tu auras autant voyagé que moi, tu ne goberas plus de telles âneries. La flamme verte, c'est le feu des naufrageurs !

Saisissant le jeune homme par le bras, il l'attira sous une porte cochère.

– Les naufrageurs existaient déjà sur la Terre, expliqua-t-il d'une voix haletante. Ils parsemaient les côtes de faux signaux attirant les navires sur les écueils. Sur Almoha, c'est l'inverse, les naufrageurs attirent les nuages sur les villes par un processus chimique d'émanations gazeuses.

– Ghun est un pillard ? balbutia Nath.

– Non, pas un pillard. Un tueur. Ghun agit pour le compte des Rampants. Il exécute un contrat. Ils veulent vous détruire, vous et la ville. Ghun tient le nuage en main, le grand nuage que nous poursuivions avec la canonnière, tu t'en souviens ? C'est lui qui a modifié sa course. Quand il jugera le moment venu, Ghun augmentera la puissance de la flamme, développant d'autant sa puissance d'attraction, et le nuage viendra ! Comme un éléphant tiré par une chaîne. Il viendra, Nath, droit sur la ville.

– C'est impossible !

Les mains de Neb broyèrent les épaules de Nath :

– Si, Nath, c'est possible. Maintenant je le réalise. Déjà à bord de la canonnière les mouvements du nuage m'avaient paru bizarres. Ce demi-tour, tu t'en souviens ? On m'avait parlé des naufrageurs d'Almoha, mais je ne voulais pas y croire. Je me répétais qu'il s'agissait d'une légende… Ghun est l'homme des Rampants, il se déplace de cité en cité pour laminer toutes les collines. C'est le but de la conspiration. Ghun est le maître des nuages, il leur fait faire ce qu'il veut, et bientôt il leur ordonnera de nous écraser.

Nath porta les mains à ses tempes. Sa tête éclatait.

– Mais alors, balbutia-t-il, je me suis trompé depuis le début ! Ghun m'a berné, et Sigrid avait raison. Il m'a pris comme alibi, sachant que je le défendrais si on venait à le soupçonner !

– Exactement ! Et s'il veut empêcher la population de quitter la ville, c'est pour que personne ne survive à la catastrophe qu'il prépare.

– Il faut prévenir Sigrid et les autres !

Neb secoua la tête :

– Pas de précipitation. Tant que la flamme est courte, le danger n'est pas imminent. Clamer à tous les vents ce que je viens de te révéler ne servira à rien. On te prendra pour un fou, et Ghun te fera disparaître. Non, il faut s'emparer de son matériel. Sans les cristaux, il n'a plus aucun pouvoir. Toi seul peux grimper au sommet de la tour et les piétiner. Fais attention, les Rampants sont armés, ils te surveillent. Tu dois agir sans tarder.

Nath acquiesça. Après être convenus d'un rendez-vous, ils se séparèrent. Luttant contre la honte et le désespoir qui l'envahissaient, le jeune homme regagna sa tanière. Neb avait raison, il fallait faire vite.

Pourquoi avait-il été aussi stupide ? À cause du sentiment de culpabilité qui l'habitait depuis la mort de Nioucha et du bébé ? Parce que Ghun, d'une certaine manière, lui rappelait son père ? Est-ce pour cela qu'il s'était obstiné à le défendre ?

En cheminant à travers les rues désertes, il eut plusieurs fois la sensation d'être épié, suivi. Une brusque volte-face lui permit d'entr'apercevoir une ombre au ras du sol. Une ombre qui se faufilait le long des murs. Un lézard ? Un chien ? Un… Rampant ?

D'étranges cavalcades étouffées peuplaient les ruelles, des glissements furtifs, des raclements de reptation. On eût dit que la ville se remplissait de fantômes. Nath remarqua que la plupart des portes avaient été barricadées et renforcées de planches cloutées, et les fenêtres obturées à l'aide de morceaux de tôle. La cité se terrait dans un silence de veillée funèbre, et chacun, l'oreille collée au battant, devait écouter les frôlements de la nuit. Invisibles, les Rampants sillonnaient les ruelles, prêts à jaillir d'un soupirail ou d'une brèche, capables de s'enfouir dans la boue du sol comme des lézards et de demeurer ainsi, des heures durant, à l'affût d'une proie. Le jeune homme réalisa soudain que la colline leur appartenait. La vague d'agressions nocturnes qui sévissait depuis le début de la semaine avait vidé les rues. Paralysés par la superstition, les pêcheurs voyaient dans ces multiples attentats l'œuvre de quelques démons de la nuit, et tous se recroquevillaient, incapables de réagir.

En pénétrant dans l'immeuble où il avait élu domicile, il prit la précaution d'allumer la torche qu'il laissait dans le hall à cet effet, puis, la flamme au poing, il bondit dans la rue. Une fraction de seconde, la lueur dansante lui révéla trois visages maculés de boue au ras du sol. De jeunes Rampants, des adolescents couchés sur le carrelage et se déplaçant sur des membres torses, le couteau entre les dents.

L'instant d'après, il était seul. Les tueurs souillés de vase avaient disparu dans les ténèbres. Que faisaient-ils là, embusqués sous le porche ? Était-ce lui qu'ils attendaient ? Non, si ç'avait été le cas, ils ne se seraient pas enfuis… Nath fouilla les recoins d'ombre, la torche brandie, dans l'espoir de déjouer un éventuel guet-apens.

Prudemment, il s'engagea dans l'escalier, la torche dans une main, une grosse pierre dans l'autre, bien décidé à se défendre jusqu'au bout. En haut des marches, il vit une forme recroquevillée qui semblait prête à lui sauter à la gorge. Il fonça, flamme en avant. Dans un halo de suie et d'étincelles, un petit visage boueux lui apparut.

– Sigrid !

Elle grelottait de froid et de fièvre, et Nath remarqua que ses jambes étaient entourées de grossiers pansements.

– Les Rampants ! murmura-t-elle en essayant d'écarter les mèches que la sueur collait sur son front et ses joues. Ils me traquent depuis des jours. Je ne savais plus où aller. Je t'en supplie, aide-moi, je n'ai plus que toi, tous les autres sont morts…

– Morts ? répéta Nath en se penchant.

– Oui… écrasés sous les tas de pierres, là-bas, à la pointe sud de la colline… Tous mes amis, les uns après les autres. Je suis la dernière…

Elle s'affaissa, à bout de forces. Nath la souleva avec douceur et la porta dans la chambre. Puis il barricada la porte d'entrée comme il put. La peur commençait à s'insinuer en lui. Il devinait que tout allait se jouer maintenant en quelques heures. La jeune fille était épuisée. Il la contraignit à avaler une potion calmante et écarta les pansements qui cachaient les blessures. L'état des plaies le fit grimacer. Les jarrets avaient été entaillés jusqu'à l'os, les muscles et les tendons sectionnés. Des croûtes de sang noir vernissaient la peau des jambes. Il fallait se rendre à l'évidence : si elle survivait à la gangrène, Sigrid ne marcherait jamais plus.

Il nettoya les blessures du mieux qu'il put et appliqua un cataplasme d'herbes cicatrisantes sur les mollets boursouflés de la jeune fille. Il aurait fallu opérer, recoudre, mais il ne disposait pas des instruments nécessaires. Sigrid se mordait les lèvres, essayant de ravaler ses cris de souffrance. Pour la distraire du mal, Nath lui rapporta les dernières révélations de Neb Orn.

Quand il releva la tête, ses soins achevés, il s'aperçut que la blessée avait perdu connaissance.

Il se leva et marcha vers la fenêtre sans carreaux qu'il avait obturée en partie avec des peaux tendues. Le vent froid de la nuit le fit frissonner. « Il faudra poser une serrure à la porte, décida-t-il. Une serrure solide. »

Brusquement, ses yeux tombèrent sur la haute silhouette de la tour. Illuminant les créneaux qui semblaient la protéger telles les pierres d'un feu de camp, la flamme verte brillait, haute comme un homme…

Les Rampants avaient donné l'alerte. Sans perdre une minute, Ghun passait à l'action. L'heure de l'ultime combat venait de sonner.

21

Nath courait dans la nuit à travers le dédale des ruelles, rebondissant de mur en mur, s'arrachant chaque fois un peu plus la peau des épaules. Il était seul, seul dans la ville terrifiée et tapie derrière ses portes closes, seul contre l'armée invisible et rampante qui pouvait à tout instant jaillir d'une flaque de boue pour lui trancher les jarrets jusqu'à l'os, le fauchant en pleine course. Il était seul avec Sigrid blessée, inconsciente, et Ghun, là-haut, perché sur ses manomètres de cuivre, actionnant la flamme émeraude qui ronflait à présent d'un bruit sourd et gourmand. Malmené par la pesanteur, son cœur cognait, ses poumons charriaient une vapeur de fournaise. Un voile noir obscurcit soudain son regard, et il dut s'arrêter pour échapper à l'évanouissement.

Allait-il succomber à une crise cardiaque, là, au milieu de la rue ? Ce n'était pas le moment ! Sur Almoha ce genre d'accident n'avait rien d'exceptionnel.

À peine était-il adossé au crépi de la paroi que des ombres commencèrent à se mouvoir au ras du sol, convergeant dans sa direction. Des lames jetèrent des éclairs. Les Rampants ! Ils étaient là, partout, serpentant au ras du sol, le couteau entre les dents. Ce soir, ils tailladeraient les jarrets de tous ceux qui commettraient l'erreur de sortir. Leur progression n'avait rien d'humain, et leurs corps bizarrement déformés faisaient penser à celui d'un crocodile. Nath bondit, reprenant sa course. Son instinct le poussait vers la tour. S'il arrivait à y pénétrer et à briser le matériel de la sentinelle, le nuage suspendrait sa course. Le rendez-vous mortel serait annulé… Il fallait qu'il réussisse !

Se concentrant sur son corps, il essayait de discipliner son souffle. Maintenant ses tempes bourdonnaient comme une ruche en folie, et il avait l'impression qu'un casque de fer rétrécissait au sommet de sa tête, lui broyant les os du crâne. Son cœur lui faisait mal.

La tour était toute proche. Il se jeta à plat ventre dans la boue, attentif à tout ce qui l'entourait. Puis, lentement, comme un Rampant, il commença à progresser sur les coudes vers la porte de bronze que les ténèbres faisaient paraître plus massive encore.

Le terrain était à découvert et il craignait de se retrouver brusquement encerclé par les Rampants. Serrant les dents, il se redressa et pesa sur le battant. Fermé ! Il ne fut pas surpris, il n'avait jamais sérieusement pensé que Ghun commettrait l'erreur de laisser la porte ouverte.

Il lui sembla soudain qu'une ligne de têtes se formait au ras du sol, tout autour de la place. Il frissonna. Ils allaient l'acculer à la porte close comme une bête prise au piège. Rassemblant ses forces, il se retourna, agrippa le rebord de la meurtrière au-dessus de sa tête et se hissa à la force des poignets. L'ouverture était haute mais étroite, et un homme normal n'aurait pu s'y glisser. Nath, tel qu'il était, torse nu et enduit de boue, n'eut guère de difficulté à se faufiler dans le passage exigu.

À peine avait-il sauté à l'intérieur du donjon qu'il entendit les lames des couteaux s'ébrécher rageusement sur la paroi. Ses pieds nus dérapaient sur le dallage. Il chercha une arme autour de lui, se saisit d'un chandelier et franchit les échelons qui conduisaient au sommet. Une désagréable surprise l'attendait : pendant son absence, la petite porte de fer menant aux créneaux avait été renforcée par des barres de métal hâtivement soudées, et il constata qu'une nouvelle serrure en interdisait l'ouverture. Ghun avait pris toutes ses précautions, il était devenu indélogeable. De rage, le jeune homme cogna le chandelier sur le battant blindé, soulevant une gerbe d'étincelles. La seconde suivante, il entendit très distinctement Ghun éclater de rire. Nath s'efforça de reprendre le contrôle de ses nerfs. Il lui fallait garder la tête froide. D'abord tirer la ville de sa torpeur, donner l'alarme ! Il dévala les marches jusqu'au porte-voix. Un terrible point de côté lui vrillait le flanc.

– Peuple de la colline ! hurla-t-il en usant de toute sa puissance vocale. Les Rampants sont dans vos rues. Ghun est sur la tour, il essaie d'attirer un nuage sur nous. Réagissez ! Évacuez la ville, gagnez le port ! Ne courez pas sur la croûte de boue, elle est trop fragile. Montez dans les bateaux…

Il attendit quelques minutes, puis répéta son message. Il avait craint un instant que Ghun ne vienne le faire taire, mais la porte restait close.

Il se sentait épuisé, la lutte contre la pesanteur l'avait vidé de toute énergie. Il essaya de se rassurer. Si le nuage n'écrasait qu'une cité déserte, le mal serait moindre. Il espérait que la panique ne pousserait pas les habitants à se ruer comme des bêtes affolées vers les embarcations alignées dans la rade.

Il ne pouvait pas rester là, inactif. Il s'approcha de l'une des meurtrières et risqua prudemment un œil à l'extérieur. Les Rampants semblaient s'être évaporés, et la place était de nouveau vide. Il redescendit jusqu'au rez-de-chaussée et sortit comme il était entré.

Au moment où il touchait terre, une ombre se détacha de la muraille. Nath, immédiatement sur ses gardes, se détendit en identifiant Neb Orn.

– Il est là-haut ? demanda le harponneur en désignant du pouce les créneaux se découpant en ombre chinoise sur le halo de lumière verte.

– Oui, il est là-haut, et intouchable ! rugit Nath. Barricadé.

Neb posa les mains sur le crépi de la paroi.

– Et impossible de monter à ce mur ! bougonna-t-il. Trop lisse, pas assez de prises.

Nath scrutait la ville à travers le labyrinthe des rues obscures. Quelques torches y allumaient un pointillé timide.

– On dirait que ton appel a réveillé du monde ! observa Neb. Ils descendent vers le port.

Il allait ajouter quelque chose quand sa voix s'étrangla brusquement dans sa gorge :

– Nath, regarde…

Et le jeune homme comprit la raison de la disparition soudaine des Rampants. Tout autour de la colline, de chaque endroit où il était possible de trouver une embarcation, montait une colonne de fumée épaisse où voltigeaient des gerbes d'étincelles. Une ceinture de feu entourait l'île, ravageant les canots, les débarcadères et le port. Comprenant que l'appel de Nath jetterait les fuyards vers la plaine rendue liquide par la récente tempête, les Rampants avaient choisi de détruire l'unique moyen de salut encore à la disposition des habitants : les barques. À présent, les lueurs de l'incendie gommaient la nuit. Les maisons s'étaient ouvertes et une foule piétinante dévalait les rues dans le plus grand chaos, brandissant des ballots et des sacs. Les enfants terrifiés hurlaient sur une note désespérée.

À peine arrivée au port, repoussée par la chaleur du brasier, la première vague de fuyards rebroussa aussitôt chemin, heurtant de plein fouet ceux qui venaient derrière. Il s'ensuivit une horrible mêlée, où chacun piétinait son voisin au milieu des cris de panique et des craquements de l'incendie.

– Maintenant, la colline est vraiment une prison ! cria Neb Orn. Foutons le feu à la tour avant qu'il ne soit trop tard !

Nath sentit tout son être se révulser à cette seule idée. En dépit des circonstances, une vie entière d'habitudes religieuses lui faisait encore considérer cet acte comme un blasphème.

– Impossible ! hurla-t-il pour dominer le terrible vacarme qui montait de la cité. Le revêtement des parois est ignifuge et les poutres sont en métal. Ne restons pas là, les Rampants vont revenir.

Ils s'éloignèrent en courant pour gagner le versant de la colline qui menait à la seule plage épargnée par l'incendie en raison de l'absence de canots ce soir-là.

– Crois-tu vraiment que le nuage va venir ? demanda Nath lorsqu'ils eurent repris leur souffle.

Neb se laissa tomber à genoux dans la vase. La sueur et la suie lui faisaient un masque farouche.

– Il va venir, Nath ! Comme il est déjà venu sur la colline de Ghan-Taar. Ghun est un naufrageur de la pire espèce. Il n'aura de cesse avant d'avoir rasé toute la région, et pourquoi pas toute la planète ! C'est le maître des nuages !

– Ça semble impossible, murmura le jeune homme.

– Je t'assure que ça ne l'est pas ! martela Neb Orn. C'est une réaction chimique, une simple réaction chimique ! Deux corps s'attirant par le biais d'un échange de molécules gazeuses. Les Terriens pensaient avoir réussi à mettre Almoha en équation, ils en étaient loin. Cette planète échappe aux lois communément admises, et leur science s'y est cassé les dents.

Nath tourna la tête ; au-dessus de la tour, la flamme couronnait les créneaux. Elle paraissait encore plus haute. L'air s'était chargé d'émanations irritantes qui brûlaient la rétine et éveillaient sur la peau d'étranges picotements.

– Il faudrait une averse ! glapit Neb. Une bonne averse.

– Si nous pouvions rassembler trois ou quatre échelles et l'attaquer en plusieurs points, Ghun ne pourrait pas nous repousser tous en même temps.

– C'est une idée, rugit le harponneur. Rassemblons une dizaine d'hommes et passons à l'attaque.

– Combien de temps nous reste-t-il ?

Neb scruta l'obscurité ; l'horizon n'était qu'une surface uniforme, impénétrable. Le nuage pouvait se trouver très près ou très loin. On ne le verrait pas avant l'aube.

Nath et Neb se mirent en marche. Le jeune homme savait où trouver deux échelles, l'une métallique en bon état, l'autre en bois, n'offrant qu'une sécurité relative. Arrivés devant les bâtiments, ils durent déchanter. L'échelle de bois avait été débitée à la hache dans le but évident de faire du feu, celle de fer avait été tordue par les Rampants, pliée en deux, inutilisable. La déception plongea les deux hommes dans la stupeur.

Sur la colline, une foule compacte remplissait les rues, interdisant tout déplacement.

– Le nuage doit être à présent très bas, réfléchit

tout haut le harponneur. Peut-être six mètres au-dessus des vagues. Il va frapper la colline de plein fouet.

– La résistance qu'il rencontrera au moment de l'impact le stoppera peut-être dans son avance, non ?

Neb secoua la tête :

– Il n'y a guère de chance, vois-tu. C'est comme si tu mettais ta main devant le canon d'un fusil en espérant que ta paume retiendra le projectile. Une telle masse, une fois lancée, ne se laissera arrêter par rien au monde. La colline sera broyée comme une motte de terre, nivelée avec tous ses habitants. Le seul recours, c'est la mer… Il faut construire des radeaux.

Ils se frayèrent un chemin à coups de coude et se hissèrent sur le toit d'une cahute un peu plus haute que les autres. Aussitôt, la foule, reconnaissant Nath, se mit à vociférer et à se lamenter.

– Silence ! hurla le jeune homme. Il nous reste encore une chance. Arrachez chaque planche, récupérez chaque poutre, essayez de construire des radeaux, faites vite. Qu'on désigne des chefs de groupe, des responsables ! Partagez-vous les tâches. Abandonnez tous les objets inutiles.

Il continua ainsi encore un moment, prodiguant conseils et ordres, tour à tour consolateur et autoritaire. Il était parfaitement conscient que sans l'aura de prestige des sentinelles jamais personne n'aurait daigné écouter un garçon aussi jeune ; Neb Orn lui-même, si imposant qu'il fût, n'aurait pas réussi à retenir l'attention de la foule plus d'une seconde.

– Neb, commanda Nath en sautant du toit, distribue les tâches, forme une patrouille, tenez les Rampants à l'écart. Je vais chercher Sigrid. Elle ne peut plus marcher, ils l'ont mutilée.

Il eut d'énormes difficultés pour rejoindre son domicile. La masse humaine semblait sourdre de chaque interstice telle une inondation qu'on n'arrive plus à endiguer. C'était comme si la population de la colline s'était décuplée en l'espace d'une nuit. Couvert de meurtrissures et d'estafilades, il réussit enfin à s'engouffrer dans le hall de l'immeuble. Chaque marche de l'escalier éveillait en lui une chaîne d'explosions douloureuses. Il arriva enfin au sommet. Sigrid était couchée sur le ventre, près de la fenêtre. Elle scrutait l'horizon à l'aide d'une courte lunette marine. Près de sa cuisse était posée une lame tranchante. Elle regarda Nath, les yeux pleins de fièvre.

– J'ai vu tout ce que tu as fait, murmura-t-elle. C'est un miracle que les Rampants ne t'aient pas attrapé.

Nath se laissa tomber sur le sol. La boue qui séchait sur son corps lui tirait la peau.

– Tu sais, pour le nuage ? demanda-t-il.

– Oui, souffla-t-elle avec peine, je crois que nous ne pouvons pas faire grand-chose. Même si l'on arrive à construire quelques radeaux, nous ne sauverons qu'une infime partie de la population. Et même dans ce cas, que deviendront les rescapés ? Ils dériveront sur la mer de boue, à la merci des lézards affamés. Bien peu survivront. Nous sommes perdus, Nath. C'est la fin. Ghun a gagné…

Le garçon secoua la tête :

– Il faut tout tenter, Sigrid. Tout !

– Tu as sûrement raison, balbutia-t-elle en se laissant aller à la renverse, mais je suis si fatiguée.

Elle était pâle, très pâle, et de grands cernes soulignaient ses yeux. Nath tira sur elle une couverture de fibres et ramassa la lunette d'approche. Se penchant à la fenêtre, il inspecta la tour. Ghun était invisible, probablement dissimulé dans un recoin à l'abri des flèches qu'on aurait pu tirer sur lui.

« Ce sont des fous, songea-t-il en détaillant la flamme verte dont la lueur irréelle tombait à présent sur la ville. En nous condamnant, ils se condamnent ! À moins qu'ils n'aient prévu un moyen d'évasion ? »

Y avait-il, quelque part à l'intérieur du chapiteau de cuir planté à la pointe sud, une grosse barque chargée de vivres ? Ghun devait connaître la position du nuage, sa vitesse et l'heure approximative de la collision. Peut-être même, profitant de la panique, avait-il déjà quitté la tour en emportant les clés ? Comment savoir ?

Glissant la longue-vue dans sa ceinture, Nath sortit de la pièce. Sigrid s'était endormie du lourd sommeil de la fièvre ; il n'eut pas le courage de la réveiller.

Les rues encombrées de paquets abandonnés, les maisons démantelées offraient un spectacle de fin du monde. Poutres, volets, lattes de bois, tout ce qui pouvait être cloué et ficelé avait été arraché, et certaines façades avaient éclaté sous les coups de masses. Sur le port, l'incendie jetait ses derniers feux, éclairant les carcasses noircies des navires de pêche. Une épouvantable odeur de fumée vous prenait à la gorge. Nath vit que Neb Orn s'était protégé le nez et la bouche avec un morceau d'étoffe maculé de suie. Une trentaine d'hommes travaillaient d'arrache-pied, essayant tant bien que mal d'assembler les pièces de bois fantaisistes qu'on ne cessait de leur apporter.

– Comment ça va ? demanda le garçon.

Neb eut un geste vague, comme à son habitude :

– En étant optimiste, disons qu'on pourra compter sur un radeau dans quatre heures.

– Mais c'est catastrophique ! hoqueta Nath.

– Je sais, mais ils n'ont pas de matériel. Les pièces de bois sont trop légères ; quant aux amarres et aux filins, tout a brûlé… L'aube ne va pas tarder à se lever, il faudrait aller sur la plage. Le nuage viendra probablement du nord, puisque c'est là que nous l'avons vu pour la dernière fois.

Longeant les quais jalonnés de débris carbonisés, ils prirent le chemin de la grève. Tout autour de la colline, changée en île, la boue clapotait mollement, fluide et onctueuse, d'un beau brun uniforme, ponctuée çà et là d'une grappe de bulles de gaz.

– Tout a été si rapide..., murmura Nath.

– C'est ma faute, coupa Neb Orn. Je n'aurais pas dû t'exhorter à la confiance, et surtout j'aurais dû répondre à tes questions lorsque nous étions dans l'immeuble, lors de la tempête. Si je t'avais alors raconté la légende des naufrageurs, peut-être te serais-tu méfié ? Ça ne sert à rien de se mettre martel en tête, maintenant. Si seulement j'avais sous la main l'une des bombardes de la canonnière et une charge, une seule, je ferais voler toute la tour en éclats !

Ils avaient atteint la plage. Nath tira la longue-vue de sa ceinture et la porta à son œil.

– Tu vois quelque chose ?

Le brouillard tissait un rideau évanescent à la surface de la plaine liquide. Nath fit une rotation à cent quatre-vingts degrés. Rien. La lunette était lourde, une crampe lui noua les biceps ; il allait baisser les bras lorsqu'il lui sembla que tout un pan de l'horizon se détachait pour venir vers lui, comme sur des rails.

– Le nuage ! haleta-t-il en tendant la lunette au harponneur. Le voilà !

C'était bien cette même monstrueuse porcelaine qu'ils avaient vue quelques semaines plus tôt à Ghan-Taar, ce continent volant taillé dans la nuée. La formidable masse avançait au ras de la plaine de boue, comme l'avait prévu Neb Orn, et le souffle de son déplacement plissait la surface liquide en rides épaisses.

– Il vient droit sur nous ! hoqueta Nath, la gorge prise dans un étau ! À quelle vitesse se déplace-t-il ?

Neb triturait nerveusement le morceau de chiffon dont il s'était servi tout à l'heure comme d'un masque.

– Aucune idée, mais il sera là avant peu, coassa-t-il. Mieux vaudrait reculer avant d'être rabotés les premiers…

– Il faut que j'aille chercher Sigrid, lança fiévreusement le jeune homme. Tout le monde reculera jusqu'à la pointe sud de l'île. La masse formée par la terre et les immeubles freinera peut-être le nuage comme un coin brusquement glissé sous la roue d'une charrette ?

Ils se mirent à courir avec l'horrible impression d'être poursuivis par une muraille volante qui les aurait chargés, telle une bête de la préhistoire.

Jamais la pesanteur d'Almoha ne leur avait paru si contraignante. Ils couraient avec des jambes de bois, des pieds de plomb. Ils couraient, pantins malhabiles brusquement jetés dans l'engrenage grandiose des forces naturelles. Ils couraient vers la flamme verte ironique qui faisait de la tour un phare mortel.

« Qu'il pleuve ! pensait désespérément Nath. Que le gaz vienne à manquer et que la flamme s'éteigne ! »

Mais au moment même où il prononçait ces paroles, il réalisa toute l'absurdité de ses souhaits. Maintenant, rien n'arrêterait la course du nuage. Même l'extinction de la flamme ne changerait pas le cours des choses. En effet, l'énorme masse ne pourrait en aucun cas s'arrêter pile comme sous l'action d'un frein. Libérée de l'attraction chimique exercée par les cristaux de Ghun, elle pourrait tout au plus ralentir, mais continuerait à se déplacer dans l'axe de la colline. Non, Sigrid avait raison. Ils étaient perdus. Nath haletait, la bouche grande ouverte, luttant de toutes ses forces contre la syncope.

– C'est inutile ! hurla le harponneur dans son dos. Inutile.

Nath se retourna. Il vit que le gros homme était tombé sur les genoux, incapable d'aller plus loin. Il courut vers lui et le saisit par les épaules. Ils restèrent ainsi, côte à côte, les yeux tournés vers le nord, regardant le morceau de ciel qui lentement venait vers eux. Fuir ne servait plus à rien. Nath pensa qu'ils auraient peut-être dû se jeter dans les flots, cramponnés à une planche, mais il n'y croyait guère. Les boues avaient toujours eu tendance à se comporter en sables mouvants, et sans vrai bateau il était difficile de leur résister. De plus, il ne pouvait se résoudre à abandonner Sigrid.

– Là-bas ! hurla soudain Neb, qui venait de tendre le doigt vers un point de l'horizon.

Nath eut la sensation qu'un courant électrique le traversait de haut en bas. Quelque chose venait sur eux, du fin fond de la plaine. Quelque chose qui ressemblait à un second nuage, plus petit, et qui se déplaçait avec une extrême rapidité.

– La flamme est trop forte, balbutia Nath, elle va tous les attirer !

– C'est sûr ! Ghun n'avait pas prévu ça. Regarde !

L'enthousiasme se lisait sur les traits du harponneur. En proie à l'incompréhension la plus totale, Nath tourna son regard vers les deux nuages. Il lui fallut une minute pour comprendre ce que Neb, en homme habitué à déchiffrer le ciel, avait entrevu en un éclair : le nouveau nuage filait lui aussi en direction de la flamme, et sa trajectoire rectiligne passait par celle de la nuée monstrueuse qui se déplaçait en ce moment vers la colline. La vitesse compensant le retard, ils n'allaient pas tarder à se heurter tous les deux en un point du trajet.

– Et alors ? lança Nath. Ils ne se briseront pas sous le choc, n'est-ce pas ? Le second est bien plus petit… C'est comme une souris en face d'un éléphant.

Neb trépignait, au comble de l'excitation.

– Ce n'est pas une question de taille, balbutia-t-il, c'est une question de magnétisme… Tu connais le principe des aimants qui se repoussent ?

– Ils vont se repousser ? Tu crois ?

– J'en suis à peu près sûr. C'est ce que disent les manuels, mais cela ne se produit qu'une fois tous les dix ans. D'habitude, les nuages ne se rencontrent jamais. Ici, leur trajectoire est commandée par la flamme, c'est différent. Ghun a truqué le jeu.

Il se tut, les yeux rivés au second nuage, qui grossissait à présent de plus en plus rapidement. Plus léger, il flottait bien au-dessus du sol, et Nath se demanda un instant s'il n'allait pas survoler l'énorme masse de son adversaire sans la toucher.

– Couche-toi ! hurla Neb en lui expédiant une bourrade dans les côtes.

Nath n'eut pas le temps de s'exécuter. Les deux masses moutonneuses venaient d'entrer en contact. Un éclair d'une blancheur insoutenable illumina l'horizon, une odeur de poudre brûlée emplit l'air, comme si l'on venait d'entrechoquer deux gigantesques silex. Déjà, les deux nuages ricochaient l'un sur l'autre, telles des boules de billard se repoussant mutuellement, et Nath vit que leurs surfaces respectives s'ornaient désormais d'une tache noire carbonisée au point d'impact. La masse blanche, déviée de sa trajectoire, dérivait à quatre-vingt-dix degrés, et Nath comprit qu'elle allait passer parallèlement à la colline, se contentant d'en raboter les premiers contreforts. Son agresseur, par contre, avait ricoché selon un angle de quarante-cinq degrés et, en raison de son faible poids, sa trajectoire paraissait moins ferme, plus incertaine.

« Il zigzague », pensa le jeune homme.

À côté de lui, Neb exultait en poussant de grands cris de phoque, dansant dans la boue au milieu des éclaboussures.

La nuée monstrueuse s'était éloignée, s'enfonçant dans les couches de brouillard ; elle semblait déjà ne jamais avoir existé. L'autre nuage planait au-dessus de la ville. Déséquilibré par l'impact, il avait perdu un peu de son altitude, et Nath remarqua qu'il frôlait maintenant les toits les plus élevés en arrachant çà et là quelques cheminées.

« On dirait une bête blessée qui vacille », songea le garçon.

– La tour ! hurla soudain Neb en lui broyant l'épaule de son énorme main.

Irrésistiblement attiré par la flamme verte, le petit nuage venait de perdre encore de l'altitude. Ses premières volutes frappèrent le donjon, dont les créneaux s'effritèrent sous le choc. Avec un son creux, la paroi céda, vomissant les tables, les chaises, le torrent de cartes et de livres du second étage. Amplifié par le porte-voix, le craquement monta au-dessus de la ville telle une détonation. Se découpant sur la flamme en ombre chinoise, Ghun agitait frénétiquement les bras. La tour de guet s'effondrait...

Au milieu des volutes de plâtre qui montaient des lézardes béantes, Nath vit la sentinelle basculer par-dessus les remparts. Une seconde, il crut que l'homme allait s'écraser au sol, mais la silhouette caparaçonnée de fer glissa sur l'une des rotondités du nuage auquel elle resta accrochée. Soufflée par l'effondrement, la flamme verte avait disparu et la nuée reprenait de la hauteur, se dirigeant vers le large.

Stupéfaits, Nath et le harponneur regardèrent s'éloigner dans le ciel la minuscule silhouette du guetteur, toujours agrippée au nuage qui l'entraînait vers une destination inconnue.

– Il nous échappe ! aboya Neb Orn en serrant les poings.

Nath soupira ; il préférait cet exil sur un nuage-prison au lynchage en règle qui n'aurait pas manqué de suivre, et durant lequel il aurait probablement eu du mal à s'interposer entre la foule déchaînée et le prisonnier.

À présent Ghun-le-muet n'était plus qu'un point sur un nuage gris en train de s'enfoncer dans le brouillard. La pesanteur, terrible à cette hauteur, n'allait pas tarder à lui broyer la boîte crânienne et, s'il tentait de sauter sur la plaine, la boue fluide l'avalerait aussitôt... Nath trouva cette idée réconfortante. Il posa la main sur l'épaule de son compagnon.

– La nuit est finie, dit-il. Et nous sommes toujours vivants. Le crépuscule n'a pas eu raison de nous !

Ils descendirent vers la ville, le corps couvert de meurtrissures, de boue, d'entailles. La fatigue les insensibilisait.

Les gens erraient à travers les rues, l'œil hagard, incapables de réaliser ce qui venait de se passer. Un silence irréel planait sur tout le paysage. Nath se retourna : le moignon de la tour fracassée se dressait au milieu des immeubles, seul signe visible des derniers moments de la catastrophe.

Un pêcheur courut au-devant du jeune homme.

– Les Rampants ont disparu ! cria-t-il. Même le chapiteau n'est plus là. Il y a des marques sur la terre, on dirait qu'on a tiré une barque jusqu'au flot. Ils ont filé !

Il paraissait déçu. Nath, lui, s'en trouva soulagé.

Il songea : « Avaient-ils vraiment l'intention de mourir avec nous sur la colline, ou bien comptaient-ils s'enfuir avant l'arrivée du nuage ? » Il opta pour la seconde supposition.

– Tout va bien, tout va bien ! criait Neb. Il n'y a plus de danger.

Mais Nath n'écoutait plus. La fatigue lui donnait l'impression d'habiter un corps de pierre, rebelle à tout mouvement. Il prit la direction de son immeuble en titubant. En haut de l'escalier, Sigrid l'attendait, pâle. Il comprit qu'elle avait tout vu. Il entra dans l'appartement vide et se laissa tomber sur le lit. Il perdit connaissance avant même d'avoir touché le matelas. La jeune fille le recouvrit d'une cape de laine.

22

Sigrid mit longtemps à guérir. Ses tendons sectionnés ne lui permettaient plus de tenir debout, et Nath dut lui fabriquer une chaise roulante avec des matériaux de récupération. La vie avait repris sur la colline, mais sans entrain. Hommes et femmes affichaient un air las, amer, comme si, désormais, ils n'attendaient plus rien du futur.

Un matin, Nath aperçut un petit nuage qui passait au large de l'île. Des Têtes-Plates s'y tenaient juchés, dérivant à travers le ciel sur ce radeau improvisé. Il se demanda si c'étaient ceux qu'il avait vus embarquer le soir où la tempête l'avait surpris sur la plaine. En plissant les paupières, il crut reconnaître la matrone qui l'avait invité à monter à bord. Il essaya de compter les individus composant la tribu pour déterminer combien étaient morts, et il fut surpris de les découvrir toujours aussi nombreux. Les Têtes-Plates étaient donc capables d'affronter la pesanteur sans subir aucun des préjudices qui étaient habituellement le lot des humains ?

Il leur adressa un signe de la main, mais ils ne répondirent pas. Ils regardaient tous en direction de la ligne d'horizon, comme si, d'où ils se tenaient, ils étaient en mesure de distinguer quelque chose qui retenait toute leur attention.

Nath les vit disparaître avec un curieux pincement de jalousie.

23

C'était la fin de l'après-midi. Sigrid, Neb Orn et Nath étaient assis dans les décombres de la tour. Le vent soufflait, soulevant les lambeaux des anciennes cartes sur lesquelles tant de générations de sentinelles avaient peiné. Parfois, l'une d'elles réussissait à s'envoler comme un gros oiseau mou et maladroit, pour retomber à terre quelques mètres plus loin.

– Et maintenant ? murmura la jeune fille.

Nath ne répondit pas. Le harponneur, lui, gardait les yeux fixés sur la ligne de crête des vagues.

– Maintenant..., fit-il en écho.

– Tu te souviens, lança brusquement Nath, quand tu me parlais du mur de brouillard séparant les deux hémisphères ? Eh bien, j'ai fait un rêve étrange cette nuit. Le nuage qui a failli écraser la colline, il filait droit sur lui et l'enfonçait. Nous étions tous les trois assis dessus, et nous pénétrions dans la brèche qu'il ouvrait, comme des magiciens sur un tapis volant.

– Et alors ? demanda Neb, soudain grave.

– Et alors, de l'autre côté il n'y avait plus de pesanteur ! Nous nous envolions comme des oiseaux. Nous dérivions comme ça des jours entiers, et la peur de mourir de faim commençait à nous envahir. Alors nous arrivions à proximité d'une forêt géante et il nous était facile de cueillir des fruits tout en volant à travers les branches.

– C'était un beau rêve, remarqua Sigrid.

– Et si ce n'était pas qu'un rêve ? dit Nath. Neb lui-même reconnaît que personne n'est allé jusque-là. Et si la mer de boue s'arrêtait au pied de la muraille de brouillard ? Et si Almoha était formée de deux parties totalement opposées ? Pluie, boue, désert, pesanteur d'un côté… et de l'autre : apesanteur, soleil, chaleur ?

– Et tous les oiseaux auraient fui de l'autre côté, rêva la jeune fille. C'est la raison pour laquelle on en voit si peu sur la plaine.

– Pourquoi pas ? fit Neb. Je me suis souvent

étonné des couleurs trop vives de certains d'entre eux…

– C'est vrai, remarqua Nath, et ce sont justement ceux qui sentent le sucre des fleurs. Je suis sûr que…

– Ne nous emballons pas, coupa Neb. Rien ne nous garantit que le nuage défoncera la barrière de brume. Pourquoi ne ricocherait-il pas comme cela s'est produit hier soir ?

– Et pourquoi ne pas escalader le mur de brouillard ? proposa Sigrid.

– Trop haut, lâcha Neb. Il nous faudrait des muscles de titan pour vaincre la pesanteur.

– Et si on passait par-dessous en creusant un tunnel ? fit soudain Nath.

Neb siffla entre ses dents, faisant comprendre que l'idée lui plaisait.

– Jadis on investissait les villes de cette manière, insista le jeune homme, mon père me l'a raconté.

Ils restèrent un moment sans parler.

– Pourquoi pas ? marmonna le harponneur.

– Pourquoi pas ? répéta Nath. La colline est libre maintenant. Les hommes n'y sont plus attachés par le mythe de la sentinelle, le moment est venu de leur proposer de bouger. Si seulement…

Neb se redressa et leur fit signe de le suivre. Nath prit Sigrid dans ses bras. Ils descendirent en silence vers le port où s'affairaient les pêcheurs transformés pour l'heure en charpentiers. Le harponneur longea le quai en direction d'un hangar bas et rouillé. Une coque inachevée y reposait sur des étais, comme un squelette.

– J'y travaille depuis un mois, expliqua Neb. C'est un miracle que les Rampants n'y aient pas mis le feu.

– Mais c'est un bateau ! dit Sigrid dans un souffle.

– Il faut travailler encore un peu, observa Neb, mais effectivement, dans quelques semaines ce pourrait être notre bateau.

« Le temps des explorations est revenu », pensa Nath avec un regard pour la mer de boue.

Les pensées se bousculaient dans sa tête. Plus il y réfléchissait, plus l'hypothèse d'un autre monde, plus clément, lui semblait envisageable. Pourquoi en effet le cataclysme aurait-il été général ? Pourquoi l'hémisphère Sud aurait-il été, lui aussi, une zone volcanique ? Il y avait eu jadis des photos aériennes de la planète, des films, des cartes, mais tout cela avait été perdu lors de la grande catastrophe. Si la muraille de brume équatoriale dont parlait Neb existait, elle avait peut-être arrêté les coulées de boue lors du sinistre, et les contenait à la façon d'un barrage naturel. La jungle originelle d'Almoha existait peut-être encore, derrière ce mur blanc, tel un jardin miraculeusement préservé des intempéries ?

Il fallait aller voir.

– Et si nous nous envolions ? proposa Sigrid en souriant, comme dans le rêve de Nath.

– Hé ! s'exclama Neb Orn en frappant de la paume sa panse dilatée, je ne crois pas que je m'élèverais bien haut !

Ils éclatèrent de rire.

Deux mois plus tard, une embarcation à proue de fer quittait la colline emmenant à son bord un jeune homme, une fille infirme et un gros homme chauve. Elle cinglait vers le sud, vers l'équateur. Sur son étrave un nom avait été tracé d'un pinceau malhabile : NOMADE.

Vous trouverez la suite des
aventures de Sigrid, Nath
et Neb dans le tome 2,
Les prisonniers de l'arc-en-ciel

Impression réalisée sur CAMERON par

BRODARD & TAUPIN

GROUPE CPI

La Flèche

pour le compte des Éditions Bayard
en mai 2002

Imprimé en France
Dépôt légal : mars 2000
N° d'Éditeur : 7282 – N° d'impression : 13166